玛尔·戈伊苏埃塔 幻想三部曲

WELCOME TO THE
怪　　诞
FREAK SHOW
马戏团

［西］玛尔·戈伊苏埃塔（Mar Goizueta）——— 著
李季原———— 译

新世界出版社
NEW WORLD PRESS

图书在版编目（CIP）数据

怪诞马戏团 /（西）玛尔·戈伊苏埃塔著；李季原译 . -- 北京：新世界出版社，2025.1. -- ISBN 978-7-5104-7983-0

Ⅰ.I551.45

中国国家版本馆 CIP 数据核字第 2024K00P82 号

北京版权保护中心引进书版权合同登记号：图字 01-2024-4775

Original title: Welcome to the freak show
Copyright © Mar Goizueta Díaz
All rights reserved.
The simplified Chinese translation rights arranged through Rightol Media（本书中文简体版权经由锐拓传媒取得 Email:copyright@rightol.com）

怪诞马戏团

作　　者：	[西]玛尔·戈伊苏埃塔		
译　　者：	李季原		
责任编辑：	楼淑敏		
封面设计：	贺玉婷		
责任校对：	宣　慧　张杰楠		
责任印制：	王宝根		
出版发行：	新世界出版社		
网　　址：	http://www.nwp.com.cn		
社　　址：	北京西城区百万庄大街 24 号（100037）		
发 行 部：	（010）6899 5968（电话）	（010）6899 0635（电话）	
总 编 室：	（010）6899 5424（电话）	（010）6832 6679（传真）	
版 权 部：	+8610 6899 6306（电话）	nwpcd@sina.com（电邮）	
印　　刷：	天津中印联印务有限公司		
经　　销：	新华书店		
开　　本：	710mm×1000mm 1/32	尺寸：145mm×210mm	
字　　数：	80 千字	印张：4.75	
版　　次：	2025 年 1 月第 1 版	2025 年 1 月第 1 次印刷	
书　　号：	ISBN 978-7-5104-7983-0		
定　　价：	48.00 元		

版权所有，侵权必究
凡购本社图书，如有缺页、倒页、脱页等印装错误，可随时退换。
客服电话：（010）6899 8638

诸位快请进!

这是恐怖的马戏团,

怪物的博览馆,

畸形的陈列展,

这里的展品没有心。

——怪物们把心关进笼子,

在幕布后渴望爱与怜悯,

渴望神的宽宥。

他们背叛了真正的神明

——他们自己。

他们出卖或谋杀理智,

这里是疯子们温暖的家。

离群的鹿,

盛装的蜘蛛,

不能飞的龙,

不会歌唱的人鱼,

这里是他们的巢穴。

敬请欣赏不入流的演艺,

直击人心的、入骨的凄惨,

放荡的女人吞吃男人,

寻找救赎。

女人呕吐出火焰

——燃料是痛苦。

皮媞亚[1]隐瞒所见:

爱情错位颠倒,

矮人以三足起舞。

---

[1] 皮媞亚,古希腊阿波罗神的女祭司,服务于帕纳塞斯山上的德尔菲神庙。她以传达阿波罗神的神谕而闻名,被认为能预知未来。——译者注(本书所有脚注均为译者注,后不再另行说明。)

魔术师擅长消失的魔法。

来,来,快请进,
首先要赤裸身体,
信仰——您可以寄存在这里。
抛下吧,诗情、温柔、道义,
忘却吧,自洽与伦理,
这里没人不正常。

序 马戏团里的边缘人

"不过其实在那个时候,任何东西都可以拿来展览。没错,任何东西都行,缝衣针、船锚、陀螺、大象,无一不可,你甚至能把霍氏白鲑包装成鲸鱼展出。展览本身不重要,重要的是展品背后的故事。"

——汤姆·诺曼[1]

"怪物"从故事、梦魇、黑暗的角落走出,成为展品,这种事自古有之。他们通常都不是自愿的,而几乎纯粹是为了满足观者的享乐而出现——众人贪婪的双眼急切地想要证实天道如何不仁,自然如何反常。从中世纪开始,尤

---

[1] 汤姆·诺曼(Tom Norman),原名托马斯·诺克斯(Thomas Noakes,1860—1930),英国商人、表演者。他策划了"象人展",展出英国一位身体严重畸形者。

其是17世纪以来,他们中混得好的被纳入宫廷,取悦皇室成员,混得差的则沦为街边"要饭的怪物",但总归还是能有口饭吃。而只要愿意接受"把尊严打碎往肚里咽就总能勉强果腹"的残酷现实,只要愿意出卖自己,被观赏、被凝视,他们就会发现,"异类"的身份有时反而会成为谋生的底牌。

  从人到怪物,这种异化的过程往往以语词为推手:我们都知道,语言塑造着世界,而正是我们对他者的命名方式将与我们不同的人异化为兽、为怪、为物。我们给他们的"名"框定了他们的"实",在语词的囹圄中,"怪胎"们除了表现得像怪胎一样,几乎别无选择,而倘若再有贫穷为锁、潦倒为链,那景况就更是可想而知了。随着时间的推移,宫廷里的怪胎陈列展与街头只花几枚分币就能一览的"行乞的怪物"小型个展,开始让位于商业与资本组织起来的城市巡回展:这种商业形式将"怪物们"——奇异的动物与非典型的人类——聚集在一起,让他们同台演出。这一时期堪称恐怖(而这恐怖的阴魂至今仍未散去):活生生的人被放入玻璃柜展出,而他们的感受,再一次,被完全忽略。

尽管如此（或者说，不知为何），畸形展演的风潮还是持续了好几个世纪，这种"品味"也几乎传遍了整个自诩"文明"的世界，并在历史的洪流中不断嬗变。在命运的嘲弄下，在热衷于此类表演的观众病态的凝视中，畸形秀为所到之处带去消遣，打破百无聊赖、缺乏幻想的现实。而就在此时，敏锐的商人们抓住了时代的痛点，将怪胎秀（freak show）——也叫"人类动物园"或"怪物集市"——与歌舞杂耍表演、奇珍异兽展相结合，并做足了宣传，最终促成了19至20世纪美国马戏团表演的辉煌。

这无疑是个有趣的话题，但前人的论述已然十分详备、精彩，实在无需我赘言。只是，有时大家会忽略这样一个问题："舞台背后又会有怎样的故事呢？"——我要向你讲述的正是这些幕后的故事，但我的叙述难免要从纯粹的臆断与杜撰的角度出发。因此，我想提醒各位读者，本书的故事、人物、时空可能会交织在一起，同台共舞，也可能渐行渐远，散落各处。真相与谎言也可能形影不离。之所以如此，是因为本书隶属于幻梦、奇景与想象的那个世界，在那里一切皆有可能。在你眼前的是书页搭就的舞台,而正是你,读者,购买了这场演出的门票,要观看台前幕后的一切。恐惧的、钦羡的、共情的、怜悯的、餍足的……你将用怎样的双眼见证这一切呢?

话不多说,现在让我们掀起帘幕……

演出开始!

(下次我们巡演到此时,还望您再度光临)

001		孩童之物
025		万物有价
041		食髓知味
051		人面·兽心

065 | 肉

079 | 鹿女之吼

091 | 另一种魔法

109 | 蛛女

129 | 译后记

孩童之物

很久很久以前，恐怖马戏团来到一个地方，那里从没有马戏团到访，那里的人也从未看过马戏。

城市四郊，无垠的田野土壤泛红，颜色如稀释的血液。四下里微风低语，连绵不绝，似乎那拔地而起的高原才是风的故乡。高原脚下有一处老坟，可追溯至第一批佃农入住的时期。逝者的浅吟、游魂的低唱、幽灵的倾诉、幻魔的絮语……千百种声音隐匿在风中，将各自的故事娓娓道来。亡灵之风如泣如诉，编织成一首少有知音的歌。故事就从这里开始。

高处，一个孤零零的孩童，和着骇人的坟茔之歌哭泣：他的哀号攫住听者的心。

幽咽之声数日不绝。这声音从山顶某处的震中汩汩冒出，拽着可怖的阴风荡下山谷，在树林与灌木丛里蛇行，引发忧郁的雪崩——终于，男孩的啜泣声在山脚逸散开来，潜入街头巷尾,将悲伤浸入每一个角落。

人们四处找寻男孩的踪影,但从未有人找见。哭声溢满了他苦痛的魂灵,咬啮着他的神经。一个阳光明媚的正午,啜泣声却戛然而止。

马戏团正是在这天早晨来到了镇子上。他们要往山上去,在高处一片没有树荫和灌木遮挡的空地上搭设帐篷,为镇上的居民带来一场"大杂烩"式的巡演——"奇人怪事、海外进口的游乐设施、前所未见的猛兽异禽……快来买,快来看呀!"马戏团的专业叫卖人边走边沿街吆喝道。这是第一次有马戏团到访此地,也是第一次有人敢在那座一度被视为神圣的山丘上驻留。据传,原住民的灵魂在那里永居,而在白人到来后,那些在葬身之处得不到安息的游魂也常常徘徊于此。因此,镇子里谁也不敢在太阳下山后到那里去,很多人甚至大白天也不敢到访,而若是迫不得已必须去,手边也不敢不带上一把十字架或一本《圣经》。

马戏团每到一处总能引起骚动。谁能不被一辆辆大篷车上装饰着的艳丽图案与各色稀罕物件所吸引,看得目不转睛呢?谁在看见车上叮当作响的各式部件竟摇身一变,长成了参天的帐篷和偌大的戏台时，能不目瞪口呆呢？谁能对那些巨大的笼子，对那些帘幕下隐藏的秘密视而不见，闭口不谈呢？与笼子一同运到的，是马戏团的居民：怪胎、异兽、看似正常却能行非常之事的男男女女……随之飘散而来的，还有一股令人垂涎的罪孽的余味，像堕落与享乐的海雾，将一切遮掩。这场盛大的狂欢势不可当，将镇民们虔心工作与祷告的单调生活用钝刀割开。

在新的地点"安营扎寨"可是件忙碌的活计。要协调这么多人员，组织搭建这么多临时建筑，还要保障物资供应……这可是很吃规划与调度的功夫的。而团长正是这个统筹全局、上下打点的人。只见在他的指挥下，不出几个小时，偌大的马戏营地已经在原本空空如也的平地上拔地而起，俨然一副早已在此地开设多年的模样。

树林繁密之处有一条小溪，这是团长向镇长请求驻扎许可时，镇长告诉他的话。镇长没有说的是，那里淹

死过一个孩子。其实，就算他想说，他也绝对说不出口，因为这是他不知道的事。

即使是那些有能力与鬼魂接触的人也不能猜透它们的心，更别说要控制它们在何时何地现身了；但不知怎的，男孩却选中了她——祭司，用塔罗牌和水晶球揭示命运与秘隐的占卜者。她有通灵的天分，但并不精于此道，这是她的师傅——伟大的帕里斯夫人对她的评价（马戏团里的人都说，这位年迈的女士已经活了一个半世纪之久了）。

祭司趁着安顿好之后、第一场演出前的空当来到溪流边，清洗她艳丽的宽大衣裙。要想给观众留下深刻印象，就得注重每一个细节，哪怕是一根翘起的流苏都有可能分散观众的注意力，更别说衣饰和着装本身了：每个杂耍艺人都会在穿着打扮上用巧劲儿，这几乎是门必修课。

祭司把裙子放在洗衣板上，拿起一小块肥皂，用力地搓了起来。就在这时，一个小小的身影坐到了她身旁，叫了声"妈妈"。她被突然出现的小男孩吓了一跳，但她早已习惯与来自其他世界的存在打交道，所以看到他后并不觉得害怕，反而内心变得十分柔软，下意识想要握住男孩伸出的半透明的小手。手与手接触的地方迸发出温暖的电流，激发起无限的母爱。

"我没有身体，但能感觉到你在摸我。"男孩说，"我好久没碰过别人了。"

"到我怀里来吧，"女人回应道，"我也能感受到你的存在。"

"我不喜欢总是一个人。我能留在你身边吗？你能看见我，别人看不见，我想和他们说话的时候他们就都跑走了。我不敢追上去，我怕迷路，我一个人回不了家……我不想和怕我的人待在一起。"

"我不会把你放在这里不管的，小家伙。跟我走吧！"她不假思索地说，内心从未如此坚定。

"我叫汤米。如果我跟你走，你可以让我继续叫你'妈妈'吗？你很像她，她总是梳着和你一样的头发。我想她一定是迷路了，要不然一定会回来找我的……"

男孩的请求在女人贫瘠的卵巢里激起了五味杂陈的幸福，她无法拒绝。

"你叫我'妈妈'，我也会叫你'孩子'。"她回以慈母的微笑，幸福点亮了她的容颜。

罗西娅夫人（这是她的艺名，是早年间帕里斯夫人根据她的俄罗斯血统起的[1]）收拾好洗完的衣物，开始往回走，身后跟着她的孩子。

没有人看见这个小小的身影在马车上晾着的衣服间玩耍，也没有人看见他午餐时乖乖地坐在刚认的母亲身旁。但和他们一桌的帕里斯夫人还是凭直觉感受到了氛围中微妙的变化，感受到了空气里微小的震颤——那是无形的身体被触碰后荡起的涟漪。她从心窝里觉察出隐隐的不安，但也看见了自己亦徒亦友的学生脸上平添的几分喜悦。她最终什么也没说。某些感觉光是理解起来就需要不少时间，更不用说还要用言语表达出来了。

---

[1] "罗西娅夫人"在原文中写作"Madame Rossíya"。"Rossíya"是俄语"Россия"（意为"俄罗斯"）一词在西班牙语中的罗马化拼法。而"帕里斯夫人"在原文中则写作"Madame París"，其中"París"一词在西班牙语中是"巴黎"的意思。

起初，一切都很顺利。

她成了母亲，不再孤单。

他成了儿子，不再孤独。

但他还想拥有更多。隔空的拥抱已不再能满足他的欲求。于是，事情变得复杂起来。

彼得·麦克道格拉斯和他那令人不安的舞台伙伴共乘一辆马车，车顶上挂着的彩绘木牌上醒目地写着几个大字：微笑先生和活娃娃埃德。在这行字旁边，画着一个小男孩，身着优雅的黑色礼服，婴儿般的脸上挂着微笑，坐在他身旁的是一位成年男性，也穿着一模一样的黑色礼服。这样的服装设计能让观众更直观地看出"两位"表演者之间错综复杂的关联，更好地欣赏微笑先生精湛的技艺。要知道，他做的可不是传统的腹语表演。凭借超凡的天分与十足的创意，微笑先生不仅让木偶像活人一样开口说话，还让它栩栩如生地动了起来。不仅如此，台本中还设计了反转的情节，这是整场演出的亮点，让观众倒吸一口凉气：在演出的高潮，麦克道格拉斯会背对观众，偷偷用炭笔把眉毛涂黑，把脸颊涂成水红色，再从嘴角往下画两条深深的黑线，转过身时，他的面容几乎已经和人偶娃娃别无二致，只是男孩呆滞又逼真的脸上还是挤不出人类的笑容，这也让它的脸看起来比它"父亲"的更加邪恶——抑或更加仁慈。此时此刻，男人的声音仿佛是从他身边的假人口中发出，男孩的手也扶上了男人的背，好像它才是控制着人偶的腹语表演家，它才是将自我意志灌注于客体的能动的表演者。这一桥段总能让台下的观众疯狂，爆发出雷鸣般的掌声，并把更多的硬币投向舞台。

　　演出结束后，许多观众为了能近距离一睹两位明星的风采，不惜大排长队。彼得·麦克道格拉斯顶着不祥的彩色妆容和蔼地向观众问好，有时甚至刻意模仿玩偶的动作上下移动下巴，和他们说上几句话。这又一次让观众瞠目结舌，因为这种嘴部的机械动作和那样流畅自然的语调简直就是水火不相容。微笑先生不允许任何人触碰埃德，他说这是为了不损害人偶精细的皮料，此外，他台上台下都以同样的细心与爱意对待埃德，而人偶脸上的皮料、脑袋上的发丝、身体的动作又是如此逼真……种种细节无疑都助长了人们的议论，叫人不免疑心，以为那木偶必定是小孩或者侏儒扮成的。为了平息物议，微笑先生有时会在表演结束后走下台来，当着所有人的面再表演上那么几段。但即便如此，议论仍未停歇，反倒产生了第三种猜测，认为他精湛的技艺不过是一种歹毒的秘术，他的木偶肯定是中了邪。这种说法让他本就令人不安的表演愈发名声大噪。看过表演的人情不自禁地向他人讲述自己亲眼见证的怪异演出，话语间流露出的神秘与向往引得一批又一批好奇的看客络绎不绝：有的人执着于寻找传闻背后的真相，并乐此不疲；还有的人慕名前来，在盛大的演出面前激动不已。前者之中颇有些小心谨慎的父母，可以说，他们害怕自家孩子看到这种少儿不宜的表演，因而拒绝了孩子们的请求；但也有不少孩子说动了他们没那么多疑的双亲，让他们也觉得这么有名的表演确实有必要看看。但不管怎样,一个不争的事实是:微笑先生与埃德的表演一直都是马戏团的重头戏。总有这个或那个其他的"恐怖秀场"想把两人挖走,但彼得从来不加理会,因为他在现在的大家庭中过得很好,更重要的是,他不愿离开罗西娅夫人。

彼得·麦克道格拉斯和罗西娅夫人常在寂寞的夜晚相依,他们的关系有实无名,但似乎并没有人觉得不妥。"马戏团理解,但不批判。怪物生而自由,不受他者的道德约束。马戏团尊重其居民的自由意志,人与人之间当亲如手足,互爱互助。"这是马戏团里人人深谙于心的不成文规定。

自那天罗西娅夫人从男孩溺死的溪流边浣衣而归,她就要求两人的私会必须在男人的大篷车里进行,因为她自己的房车现在也是男孩的家了。"别跟过来,你在这里等我。"每当她需要男人的抚慰时,她就会这样对小男孩讲,然后把自己收拾干净，喷上香水，戴上夺目的珠宝，笑容灿烂地出门赴约。男孩不明白她为什么要出门，但还是乖乖听话了——他和他的第一任母亲也是如此。他怕自己不听话，刚认的母亲就不要他了。母子俩单独在一块儿的时候，母亲给他讲过一个故事，故事里的孩子就是因为不听话才被丢掉的。

头几个月的生活很有趣。小汤米跟着母亲游遍了许多他想也没想过的地方。在短暂的生命中，他从来都不曾知道世界这样大，有这么多城市与村镇。而现在，到这么多地方去玩，看到这么多不同的人，这简直让他激动不已。此时，各地的风俗人物还能满足他的好奇心，听妈妈的话也没那么困难：他能忍住在她有客人的时候不进入占卜室，不尾随她去那些他不能去的地方，也能忍住不偷窥团里其他人的隐私。

一开始，他的确是听话的，对失去重要之物的恐惧是一剂速效药。

但之后，他变了。好奇心有时会战胜恐惧，也能害死猫，但他既不是猫，也早已无法被杀死。这一刻终归是到来了。

他不再信守诺言,而是想知道更多,想了解所有秘密。

尤为要紧的是,母亲和麦克道格拉斯先生待在一起的时间越来越多,和他在一起的时间却越来越少。

他体会到嫉妒的感觉。

他开始想,是不是妈妈不爱自己了,毕竟自己是没有身体的孩子,她是不是准备要一个有血有肉的小生命,一个能亲吻、能拥抱的活生生的人。这时候,他已经偷听了很多墙角,知道了要是一男一女在一起时间久了,有时候就会有一个孩子。他怕他们有了新的孩子后会忘了自己。他也还只是个孩子,并且永远地停留在了孩童时期,他需要母亲的关注,也保留着孩童特有的那种超强的学习能力。他不知道的是,她得过一场病,之后就失去了生育能力。

他决计不再事事顺从。

一天下午,有很多人排着队等母亲为他们占卜,男孩便决定利用这个机会,去调查一下母亲为什么老是喜欢待在麦克道格拉斯的大篷车里,而不是和他待在一起,待在那些他可以去的地方。他迫切地想要知道大篷车里到底有什么——他认为一定是车的问题,因为母亲有时也会在车外见麦克道格拉斯,但这种时候她就很少会让自己回避。

谁也看不见他,而母亲又在忙着,他就趁此空隙溜进了麦克道格拉斯的居所。男孩进门时,男人正在看书,而四下里似乎并没有什么特别的东西。过了一会儿,男人从椅子上站起身,开门走了。男孩则留在原地,盯着从进门起就一直坐在男人身边的人偶瞧了又瞧,之后便回到母亲的占卜摊位上去找她。此时夜幕已垂,表演改到帐篷内有光的地方进行,罗西娅夫人也准备收摊了。

"这边走这边瞧——"职业叫卖人开始吆喝了,"鹿男讲故事,人鱼出海涛,小姐长胡子,美艳冲云霄——看一看,瞧一瞧,牌子上有的都能看,几块钱就看到饱——走过路过,不要错过!你见过一只手就能拎起一个大男人的巨人族吗?见过绝对听从主人的命令还会算术的蛇吗?见过胖得连'世界最强的男人'都搬不动的女人吗?快来看呀!会走钢丝的矮人,三条腿的汉子,翩翩起舞的猪女!"在用抑扬顿挫的语调进行了略显浮夸的叫卖后,那人压低了声音，绘声绘色、故弄玄虚地对路人进行一对一的宣传："女士，您想看看两个男人如何共用同一个身体吗？想看看名副其实的'橡胶人'吗？"看到一个男人独自走过时，他立马凑了上去，挤眉弄眼地暗示道："先生，第二场表演准叫您满意！您来的时候，可一定要把老婆留在家里……"

母子俩一同穿过聚集在帐篷外的拥挤的人群，但人们只能看见一个衣着鲜艳的女子独自行走，走进了她的那辆大篷车。两小时后，微笑先生敲响了房门，来的时候妆都没有卸：

"罗西[1]，之前是你在我车上吗？你在我房里随便做什么都可以，但你知道的，我不喜欢别人动埃德……"

"亲爱的，我今天一整天都在帮人占卜，那边结束后我就直接回来了。你的语气……是发生了什么事吗？"

"演出前我去拿埃德的时候就觉得他被动过了，我之前总是那样放他的……但也可能是我记错了吧。"

---

[1] 原文为"Rossi"，是微笑先生对"罗西娅女士"（Madame Rossiya）的爱称。

"保罗[1]，有时候你不会说它是'人偶'而是会直接叫它的名字，真的挺吓人的。我有点怕它，它太像真的了。"

"他是一位手艺高超的师傅的得意之作，皮肤用的是老师傅以独门秘诀鞣制的皮革，细腻和柔软程度都是出了名的。他的玻璃眼珠做工绝对能以假乱真，用来固定他头发的架子也是顶级的，用的是真人的头发自不用说了，编织和固定毛发的技巧更是堪称完美！这位师傅以前是做动物标本的，后来发现给富人家的女孩们做娃娃更赚钱，就改行了。我很早就认识他了，知道他的手艺后立刻求他给我做了埃德。哎，可惜他人走得早，要不然我肯定会找他再帮我做一个，这样就能排新的节目了。不过，我倒是觉得埃德就是巅峰了，再没有人能做出比他更像真人的玩偶了。"

"我倒是不想屋子里再多出一个这样的东西了……"罗西娅女士勉强挤出一丝微笑。

"话说回来，"男人接过话茬，"也是时候考虑公开我们

---

[1] "保罗"（Paul）应为微笑先生的本名。"微笑先生"（Mr. Smile）应为其号，"彼得·麦克道格拉斯"（Peter McDouglas）应为其艺名。

俩的关系了吧？虽说其实大家都知道了，但我想还是公开说一下比较好，这样我们晚上在一起的时候也不用偷偷摸摸的了。"

"你是在向我求婚吗，保罗？拜托，先把脸洗了，换个正式的场合再说一次吧。你正式求婚的时候我再给你回复。"

"都听你的，亲爱的。可要准备好，指不定哪天我就会求婚哦。现在的话，我先去把这张木偶脸洗干净吧。你晚点会过来吗？"

"你猜。"她俏皮地眨了眨眼。

房车的门刚一关上，死去的男孩就飞也似的扑进罗西娅的怀中，而她却几乎连一阵轻微的气流都感受不到。

"母亲，要是你和他结婚了，是不是就不要我了？"

"当然不是！一切都会和现在一样。虽然他看不见你，但结婚以后我肯定会把你的事告诉他的。这样我在他面前的时候就也能和你说话了。他不会不信我的。"

男孩陷入了沉思,好一会儿才继续说道:

"妈妈,你想不想真的抱抱我呢?"

"我现在不就真的抱着你吗?"

"我是说,你想不想我像活着的时候那样,有一副真的身体呢?"

"孩子,我们无法决定我们是谁,也不能否认我们的过往。要是你真的有这样一副身体,很可能你压根就不会遇到我,更不可能像现在这样,永远陪在我身边。我是很想触摸你,但要是你真的受肉身的限制,很可能今天你都不会在这里了,而我想和你在一起,我现在也确实和你在一起,所以我已经知足了。这些话你能听得懂吗,我亲爱的小人儿?"

"听懂了,母亲……"

"……但你还是想的……"男孩自言自语地说着,自顾自地离开了母亲的怀抱。

几日后的一天夜里，祭司罗西娅和腹语艺术家正在床帐间纵情云雨（这张床现在已经是他们的共同财产了），庆祝他们在这座被无垠而空旷的红土地环绕的小城中一位牧师的主持下，正式结为夫妻。而就在此时，一个小小的身影从窗户钻了出去，直到太阳出来才姗姗而返。此时，晨光已经把营地周围近乎荒芜的泛红的泥土染得殷红。

他第一次敢一个人走那么远。他很喜欢这种感觉。

母亲没有第一时间坦白这个秘密：她害怕看到男人的反应。

就这样又过了两天，躁动不安的夜里，死去的孩子蜗行摸索，试图与世界重逢。

微笑先生注意到人偶身上几处反常的细节：几根不属于人偶的头发，裤腿上难以解释的尘土……但他只以为这些都是和祭司同居后的正常现象。为了不在蜜月期扫兴，他强压下内心的躁郁情绪，对此事闭口不谈。而且，他也早已按照她的要求，将自己的舞台伴侣摆到了房间的角落，还总是用帘子遮住，免得叫她看着难受。

"也许是风吹的吧，不小心磕着碰着也是有可能的……一个人住和两个人住毕竟不同。"他这样想。他们现在绝大部分时间都是待在他这边。这件事到底该怎么办呢？要不要提出去她那边住呢？他拿不定主意。

第三天，人偶的礼服上出现了一块已经干涸的血渍，他再也无法视而不见，于是和女人摊牌了。

两人吵了起来。任何两个占理的或自觉占理的人都是这样争吵的。而他们俩也确实都没有理亏：他不知道究竟发生了什么，她也不知道。

他们也不知道马戏团附近的农场里，人们是怎样哭那个死去的女人，而这些人自己也不知道，他们的奶牛为什么会莫名其妙地流血。

杀人的手艺要在实践中精进，活体取血也是如此。诚然，后者要困难得多。生与死、复活与自封为神只有一线之隔，而这条线又是多么细啊。

马戏团无心倾听泪水与本地要闻，因为当天早上他们就要拾起行装，前往新的目的地。

行至第四日，马戏团终于到达了目的地，在新城镇中落了脚。舟车劳顿，团长决定让大家今晚好好休息，为第二天的表演做准备。太阳落山的时候，一切都已准备妥当，营地里于是开始狂欢。乐手们为自己的伙伴演奏，房车之间的空地上、平日里团员们把桌子拼在一起吃饭的地方，现在都变成了欢乐的舞池，奇人怪物们在其中纵情歌舞，不知罪孽为何物。

趁着宴饮的喧嚣、欢腾的酒雾与烤肉的炊烟，几个看到马戏团搭好台后就一直在附近转悠的小伙子偷偷地溜了进去。眼前光怪陆离的场景让他们不禁看呆了眼，看恍了神，竟丝毫未察觉一行人中最小的男孩一直保持着异样的沉默。或者他们只是不以为意，觉得他自作主张藏起来，又在他们去马戏团的路上突然出现，吓了他们一跳，所以教训他一下也是应该的。他一个人闷闷不乐，也不用去理他。他们只顾着看"世界上最胖的女人"和"三条腿的汉子"是如何有伤风化地抱在一起，等有人在远处望见那个最小的男孩头上的帽子时，他们才意识到，他又走远了。他们猜他肯定是觉得无聊就先回家了。毕竟，他们想，有的事他这种小屁孩还理解不了，非得等到嘴上开始长毛，脸上开始长痘，能觉出女人的好的年纪，才能体会到其中的乐趣。

村里穷人家的孩子们只要干完活，不惹事，就可以无拘无束地整日闲逛下去，家里孩子多，指不定什么时候才能想起他们来。

这一晚，有床单翻来滚去的窸窣声，有顶着喉咙的一升升烈酒，在马戏团的营地所属的村子的远郊，还有一个昏迷不醒、身体裸露的小男孩。

还有一个惊喜：占卜者和腹语师谈笑拥吻着走进房车时，一个村里穷孩子打扮的男孩正坐在桌旁等待。

"妈妈，"人偶动了动裂开的下巴，嘴角淌下的血滴在它鲜红脸蛋的映衬下像是画上去的一般，邪恶且不祥，"埃德把身体给了我，叫我喂血给他喝。他说他很想给父亲一个拥抱，就像父亲生前给他的拥抱那样。而我现在已经有了身体，母亲，让我也抱抱你吧。"

万物有价

珠光宝气的女人使劲摇晃着手中的细口玻璃瓶，大鲍勃仿佛看到里面有一片星空在旋转。"不可能，"他对自己说，"一定是这该死的气氛，让我看到了不存在的东西。玛丽妈妈烧的怪香把我弄糊涂了。"

"孩子，别忘了，万物有价。你真的非用这个法术不可吗？可要想好了，事成之后再想反悔可就迟了。"

每一个字都掷地有声，尤其是在这样一片死寂里——只有黑色巨蚺路易爸爸间或发出的嘶嘶声搅扰了沉默。路易爸爸和帕里斯夫人同住一辆带篷马车。帕里斯夫人，也就是"玛丽·拉沃"[1]——那些受其情谊庇护的人都知道

---

[1] 历史上的玛丽·拉沃（Marie Laveau；1794—1881）是美国新奥尔良颇有影响力的伏都教教徒、巫医。她的第一任丈夫是雅克·帕里斯（Jacques Paris），丈夫死后她曾被称为"帕里斯的未亡人"（la veuve Paris）。丈夫死后，她与法裔克里奥尔人克里斯托弗·路易·德·格拉皮翁（Christophe Louis de Glapion；？—1835）有事实婚姻关系，育有 15 个孩子。

她这个名字。他们知道她是白人与混血儿的后代,也见过她丰盈而狂野的头发,昔日乌黑,今已成雪,总是隐匿于她从不摘下的各式彩色头巾之下,但人们仍能从她那双海地[1]人特有的深邃眸子里,推断出她昔年满头秀发的风姿。

"别吓我,玛丽女士。这件事值得。不管代价是什么。哪怕除了钱还有别的代价,我也愿意,您老也知道,我的钱应该是够的。是你的就该由你去争取。她比谁都漂亮,但生活待她不公,我很想为她做点儿事。要是需要加倍努力干活,那俺就去做。上帝让俺生恁大个儿,给俺恁大双手和这股子蛮劲,就是让俺干活咧。"

女人看着眼前的大块头,为他的善心和高尚的灵魂露出了欣慰的微笑。她也很痛心,因为他竟然产生了这样冒险的想法。她太了解他了,知道他一旦下定决心,就算是九头牛都拉不回来。

"大鲍勃,我的好孩子,以我的能力还不足以准确预知

---

[1] 海地共和国,位于加勒比海的岛国,官方语言为法语和克里奥尔语,部分地区信奉伏都教。

未来，但那代价绝对不小。我只知道，凡是拿彼界之物当儿戏的人必定反受其害，我不想让你追悔莫及。要是你执意如此，我也会答应，但那纯粹是因为你从那群野兽嘴里把路易爸爸救了出来，我承诺过要还你一个人情，而我这个人从不食言。我自己是不赞同你的决定的。"

"别怕，玛丽女士，不会有事的。"大鲍勃说罢，在这位八旬老人光滑得出奇的手上吻了一下，作为告别[1]。

大鲍勃在大篷车门口弯下腰来，硕大的身躯弓在一起。"孩子，动手之前再考虑一下吧。你可以忘了今天的事，我就当这一切都没发生过，我欠你的人情也继续作数。"她最后说道，目送他走出了车门。

老妇人搅了搅锅里煮着的四分之一只鸡和一些蔬菜。剩下的四分之三生鸡肉是路易爸爸的晚餐。仪式只需要鸡血来提供能量，但着实没有必要丢弃剩下的鸡肉——浪费曾经庇护了这只生灵的肉体反而会冒犯它的灵魂。

---

[1] 一般认为，在行吻手礼时，行礼者的嘴唇不触碰到受礼者的手背是更绅士的做法。

"不会有好结果的,路易,"她走向养蛇的罐子,不用开口就说出了这些话来,"我好冷。拉劳里夫人[1]邪恶的灵魂咬噬着我的心。我听见了她如此轻蔑的笑声,这可不是好兆头。我们虽然让这个世界免受那杀人魔的折磨,从她残忍的虐待中拯救了那么多的同胞,但却失去了你的身体——这代价多么昂贵啊!但我知道你肯定会有好报的。啊,你不知道她在我体内如何翻江倒海!有时我真恨……我还记得你那天是怎样义无反顾地放火点燃了那个贱婢可鄙的宅邸,也记得此前无数个夜晚,我做梦都能听到人在受刑时发出的哭喊声。我感受到切肤之痛,就好像鞭子抽打的是我的皮肤,因疼痛而不由自主地收紧、抵在镣铐上摩擦得生疼的,是我的手腕。真希望她永世不得超生!我多想舍此残躯,抱住她的灵魂一同堕入地狱,在亲眼看到她被地狱之火燃烧殆尽前绝不松手!要让她为她手里的每一滴眼泪、为她掠走的我们的幸福付出代价!一定会有这一天的,你等着瞧吧,亲爱的。用你的鳞片抚慰我吧,我

---

[1] 历史上的原型为玛丽·戴尔芬·拉劳里(Marie Delphine LaLaurie),生于美国路易斯安那州的社交名流和连环杀手,因折磨、谋杀大量黑奴而闻名。1834年,其宅邸起火,最终暴露了她的虐待恶行。

想感受你的存在。为什么当时你不先告诉我一声呢？我可以用我的力量帮你的呀……还好我最后及时赶到，生生地吞下了那个恶魔的灵魂，收集到了你最后的鼻息，转移到了丹巴拉[1]派来的蛇的体内。那是一条美丽的黑蛇，眸子澄黄，能看透人心。它盯着我看，目光如炬，但它野兽的意志终于渐渐顺从，眼中的神采也化为了人性，呈现出你眼中那一抹柔美的深棕……"

帕里斯夫人沉浸于蛇鳞在她身上摩擦所带来的那种粗糙的质感。她的皮肤早已不再细嫩如初，但仍能忆起男人当年的温存。灵性的世界玄之又玄，他们的思想竟在那次事件之后紧密地联系在了一起，随时可以隔空交流，甚至到了你中有我，我中有你的境地。在驯蛇女的指令下，"世界上最聪明的蛇"会做加法，能识别图画，还能做到许多怎么看都不像是蛇能做到的事。她们的表演因此声名大噪，但观众却怎么也猜不透其中的玄机。

---

[1] 即丹巴拉·维都（Dambala-Wedo），海地伏都教中隶属拉达（Rada）家族的神灵（loa），被认为是蛇的化身。

烛光摇曳，投出调皮的影子，舔舐着女人的肌肤。房车里只有纱帘作墙，阻隔视线，而她却浑身赤裸，只有长发蔽体。此种行径绝不符合那时候的礼仪规范，是为淑女们所不齿的。但话说回来，也只有这个社会中的边缘群体，才能享受到体面淑女们一辈子都无法体会的乐趣与安逸吧。再说了，在马戏团里，约束着普罗大众的法条并不奏效，世俗的道德观念也不会被奉为圭臬。团员是自由的，可以在他者的冷眼看不见的地方野蛮生长。而且，只要他们不掺和"怪物集市"之外的事，谁又会特意跑来盯着这几个巡演的怪胎看呢？他们安分守己地待在这里，哪怕是最恪守教条的修士都没必要跑来找他们的麻烦。

　　巨人慢慢靠近，努力控制着自己笨重的身体不弄出声响。他喜欢看她睡觉。他可以连续好几个小时盯着她的睡颜，想着自己遇见她是多么幸运。他永远不会忘记团长叫他一起去离马戏团驻扎地不远的一个城市，花几枚分币进入一家店铺的地下室去看展出的女子的那一天。他对她一见钟情。虽然穿着廉价的衣衫，嘴巴周围长满胡子，但她浑身上下的每个毛孔中都散发出十足的女人味：她丰腴的身形、炽热的双眼、看向陌生人群时挑衅的目光……她的神情高傲，仿佛自己不是秀场怪胎，而是选美女王。正是她出淤泥而不染的态度，让她的美更加动人，撩拨了巨人的心弦。看见她的第一眼，他就知道，自己一定要带她离开这个污秽之地。要是团长没有谈成，他就用抢的。

一听到钱，她的父母立刻两眼放光，瞳仁里的贪婪几乎要滴下来，他们立刻关停了地下室的展览。他们从来没有爱过她，只是把她当作一门生意，而在这么个小地方，要给她口饭吃就赚不到钱。他们始终认为她的降生是神罚，主之所以给了他们这样一个怪物，要么是因为他们胆敢在结婚前就同了房，要么是因为他们那些罪大恶极的闺房之癖。那个男人开了个好价钱，着实是个好价钱。"但本来就值这个价，"他们转念一想，"他投资这样一个怪胎肯定能有不少回报哩！"

她走的时候很高兴。她终于摆脱了这两个从未履行过父母职责的人，走向了完全不同的人生。她头一回感觉自己活成了人样，不再被当作动物对待。在马戏团里，除了观演的来客，没有人把她看作怪物。人人都能透过络腮胡，看到她这个人。她在这群身怀绝技的伙伴间幸福地踱着步，完全无须遮挡自己的脸。比起地下室阴暗角落里满是污垢的一床草褥，她现在的住处要好太多了。这个历史时期的带篷马车并没有那么舒适，但在她看来已是天堂：车内光线充足、空气清新，巨大的窗户散发着自由的味道。在团里积极地为她安排住宿时，巨人率先把这辆马车送给她作临时居所。而她的住宿问题很快就得以解决：爱情及时降临，不到一个月的时间，马车就成了两人共同生活的美丽家园。

巨人清楚地记得将她搂在怀里的第一个夜晚，她在他巨大的手间是那么地小。从来没有人抚摸过她浓密黑色绒毛下的柔软肌肤，他只有她一个女人，所以不知道她的皮肤比所有其他女人都要柔软。而她任由他抚摸。他亲吻她身上的每一道伤痕——每一道都是毒打留下的痕迹，抚摸她每一寸肌肤。没过多久，他就证实了和毛发旺盛的女人有关的那个传闻。从那晚开始，他们就分担了住所，也分担了人生。

男人动了一下,发出的声响吵醒了女人。只见她在床上翻了个身,像猫一样懒懒地睁开了眼睛,梳理起乱糟糟的头发。看到男人来了,她的脸一下子亮了起来:

"快来亲亲,鲍比小宝贝。你从哪儿过来的?我好想你呀。"

巨人把小瓶子藏进上衣口袋,又把上衣放在椅背上挂好,才走过去吻她。

"我刚才在玛丽妈妈那里,想看有没有什么我能帮得上的。我觉得她挺可怜的,总是一个人,年纪又那么大了。有时我真怕她会突然有个三长两短,而我们都还不知道。"

女人拥他入怀,他也配合地把头倚在她袒露的双乳上。

"亲爱的,要真的有这一天,她也一定会有办法让我们知道的。"

他们似乎都听到蛇信子的嘶嘶声打破了夜晚的宁静,但又都以为是自己听错了,所以两人都没有提,只是热烈地拥抱在一起,进入了梦乡。

怪物集市上充满了喧闹的气息：小商贩们此起彼伏地叫卖着自己的商品，帐篷内外演奏着欢快的小调，渴望观赏新奇表演的男女老少聚集在一起，发出鼎沸的人声，为各色节目疯狂地拍手……玛丽妈妈和大鲍勃找了块稍微安静一些的地方，尽量压低了声音说话。

"伟大僵尸希望你们谨记，幸福总有不为人知的一面，不幸也可能根植于美好，福祸相依，人不可能事事皆能如愿。你们俩已经饱受了苦难，如今好不容易获得了幸福，你要知足啊。"

"今晚，玛丽妈妈，今晚我就做。天塌了也要做。"

"我知道，亲爱的，该做的我都做了。"她无声地与蛇交谈，它盘伏在推车上的罐子里，等候登台表演。

"那就如你所愿吧，孩子。你们知道的，有需要可以随时找我。"

当大胡子女人结束演出回到家时,她发现巨人正端坐着,西装革履的,餐桌上也已摆好了晚餐和两个红酒杯。看到他把五大三粗的身体塞进了衬衫与西裤,专门为她费心打扮自己,她感到无比幸福。

"周年纪念晚餐,我美丽的女士。"他笑着说道,同时将她公主抱到餐桌前。

小瓶子里的药水已经下在了她的酒里,她却没有一丝察觉。这是一场完美的晚宴,也正如预料的那样,在两人激烈的欢爱中达到了高潮。之后,他们沉沉睡去,不知天地为何物。

另一驾马车里,床榻之上,玛丽妈妈在睡梦中扭动着身体,仿佛体内正经历着战争:"丹巴拉,丹巴拉……"她气声不歇地呓语,呼吸急促,路易爸爸缠绕在她的腰臀间。

就这样,夜晚过去了,怪物集市四周摆脱了束缚的游魂业已将秩序的天平打破,用它们的灵力引发了或好或坏的意外结局，没人能精准地控制超凡之力在每个人身上的具体影响。于是，超出常理之事接二连三发生：村里一位体面的女士突然变得粗鄙无礼，还留丈夫一人醉醺醺地躺在床上昏睡，自己却偷偷跑出去，找白天表演时在台上色眯眯地看着自己的三个矮人，把身体全交由他们处置；那天晚上，表演走钢丝的其中一个小丑，嘴唇比往日更加鲜红，而村子里莫名其妙地少了一个人，更不用说他此前已经很久没有像今天这样尽情地吃过饭了，他的眼睛看起来也不是正常的颜色；"三条腿的汉子"第一次拜访了"世界上最胖的女人"，他从未睡过如此舒适的床垫；而连体人把……算了，还是别提了，他们是惯于分享一切的。

崭新的一天，大胡子女人和巨人窝在被子里躲避清晨袭人的凉意。他率先睁开了双眼，抚摸起她女性特征明显的面庞，拂去已然脱落、还黏附在皮肤和枕头上的髭须，心怦怦狂跳不已。

守得云开见月明。他兴奋不已,立刻跑去拿镜子。

"醒醒,亲爱的,快看!"说着,他把镜子举到她面前。

她盯着玻璃那头的虚像,几乎认不出自己的脸。

"你趁我睡着把我的胡子剃掉了?你疯了吗?今晚的表演怎么办?"

"你再也不会表演了。已经没事了,一切都好了。"

他慢慢褪下她的睡衣。只见她前臂上的那层浓密的黑色毛发已经消失不见。她吓了一跳,惊异万分,但又体会到隐隐的幸福,宛如置身梦中。他们又一起揭开被褥,看到她身上现在长着的,确实是任何一个普通女人都有的正常体毛。果真如他所言,一切都好了:在她两腿之间,男性的器官,或许只是个恐怖的玩笑。

食髓知味

"不吃？信不信老子宰了你！你现在不吃是吧？那就放着，等长满了蛆再吃！废物，不能面对自己不喜欢的东西吗？真是不肖，你个怪胎！"

邪恶的兽——卢卡斯的父亲——的咆哮声从窗户传了出去，打破了邻居们饭后的宁静。幸运的是，一阵更大的声响打破了男孩的困窘，那困窘连同恐惧一起，让他生活在地狱之中。那是马戏团里卡车和大篷车熟悉的隆隆声，每年季夏时节，马戏团都会准时前来赴约。霎时间，平静的村庄沸腾了：喇叭筒里宣传着第二天的演出安排，发动机轰鸣，乐曲欢奏，各种器械的铁架子碰撞在一起叮当作响……孩子们兴奋地央求父母带他们去看这场年度大戏。今年的主角有"橡皮女郎"，空中飞犬"小闪"和无畏的空中飞人队，还有奥斯卡，"世界上最小的小丑"——他能一边用手敲打出复杂的鼓点，一边用头和脚转套圈。

当那些幸福的孩子得到父母的许诺，会给他们买一张秀场顶层楼座的票，或许还会给他们买一个大大的、云朵似的棉花糖时，卢卡斯却在破旧不堪的房间里，抱着腿蜷坐在地板上，默默地感谢命运垂怜。马戏团来得正是时候，让他从眼前的噩梦中缓了口气。他的父亲听到声响就赶忙跑了出去，他要去看着自己那辆虽然快要散架但仍神圣不可侵犯的面包车，生怕别人把他的爱车磕了碰了。卢卡斯趁机把饭菜倒了一半，又把另一半含在嘴里，准备另找机会吐出来。他很高兴自己躲了过去，不用强忍着吞下父亲做的恶心吃食，更庆幸自己逃过了一顿毒打——要不是马戏团来了，父亲这会儿早就因为他吃得不情不愿而下狠手了。另外，他也很开心镇上能有表演，虽然他只能在马戏团营地边上打转，找机会溜进去，躲在不起眼的角落里偷偷瞄上一两眼——要是被父亲发现那可就完了。

卢卡斯向村子外围走去，一直走到墓地附近的那块空地，马戏团每年夏末巡演至此都在那里落脚搭台。他很得意自己把一个小石子从家门口一路踢到了这条巷子里。小巷的那头就是马戏团的出入口、表演区和接待区。马戏团会停留三天，但只有今晚安排了舞台表演，他现在就是过来踩点的。

"你刚来我就注意到你了，小子。你的脚还挺灵活，能踩在石子上保持平衡。学过球戏和套圈吗？"

小丑边说边笑，边笑边说。他不停地笑，只因那笑容画在他脸上，这叫卢卡斯分辨不出他的笑脸背后是否也有真正的笑容。他的声音又尖又细，有着金属的质感，又仿佛是从留声机里传出来的一般。男孩猜他一定是耍了什么把戏。

"没有，不可能的，我可没有这些，我的父亲也不会给我买的，他太讨厌我了。是你的爸爸妈妈让你平时也打扮成小丑吗？还是说你正在排练？"

"是我自己喜欢，这样打扮我会比较自在。来，接着！"小丑出其不意地把一个铁环往他的脚边扔过去，他立刻接住了。"我就知道，小子，你是这块料。"

小丑从口袋里掏出一包散装烟草和一沓卷烟纸，开始卷一根烟。新鲜烟草的香气扑鼻而来，男孩好奇地闻了闻。这种烟的味道更干涩、更呛鼻，和他父亲抽的那种很不一样。

"会抽吗,小子?"

"我才十一岁,连买烟的钱都没有,怎么可能抽烟?我偷偷尝过一回,但那是唯一的一次。如果被我的父亲看到我嘴里叼着烟,他会杀了我的。你可别和他说啊。"

"什么父不父、亲不亲的,我在这儿可没看见。"小丑说着,把卷好的那根烟递给了他,"对了,你想看今晚的演出吗?怎样?要不要来看看呢,小子?"

他一直管卢卡斯叫"小子",就好像他是个成年人似的,这让卢卡斯忍俊不禁。但摆在眼前的正是一个不费吹灰之力就能混进秀场的机会,他迫不及待地想接受小丑的好意,可是,他的父亲……对啊,还有他那该死的父亲!

"我很想去,但我的父亲……"

"没事的,我可以借一套我的戏服给你,那样就不会有人认出你来了。我们的码数应该是差不多的。到时候你可以直接进来,大家都会以为你是来表演的。你七点来吧,这样我在节目开始前还能帮你化个妆。"

"我一定来!天塌下来都会准时到的!"他兴奋地喊

道，然后就像每个精力旺盛的青年小伙都会做的那样，一溜烟儿地跑开了。

那天或许是卢卡斯有生以来最幸福的一天。后来，他失踪了。

人们说是他的父亲把他打死了。那天晚上邻居们听到屋子里有动静，还有家具发出的声响，但没有人跑去看一眼，因为大家都习以为常了。人们谈论起这件事的时候都非常自责，怪自己为什么那天要置若罔闻，为什么一直以来都默不作声，让这个少年日日忍受折磨，最后凄惨地死去。人类的灵魂是自私的，最怕麻烦，也最怕惹麻烦，而当一切都已于事无补时，又希望眼泪能换来救赎。

没有找到男孩的尸体，也没有找到凶手。目击者最后看到的，是卢卡斯在失踪当晚扮成小丑，兴高采烈、蹦蹦跳跳地回了家。他回家后不久，街上就听到了门内的击打声，但没人从窗户探出头来往外看，因为附近只有动作最慢的人还留在家里，其他人都已经去看表演了。而就连这些动作最慢的人也在赶着关门关窗，急着往墓地边的空地上去，生怕错过了怪胎秀的开场。

警方连续几天对周边地区进行了搜索，翻遍了树林、田野、水沟、溪流，但一无所获。他们推断，孩子的父亲是藏匿了尸体，然后才畏罪潜逃，于是扩大了搜索范围。数百张传单飞入临近的村庄，所有警察局都收到了父亲和男孩的照片。人们打从一开始就怀疑这是一起家庭暴力事件，案件中存在典型的持续虐待行为，并最终导致了悲惨的结局——就像许多同类案件一样。人们没有猜错，事实就是如此。

⁓⁓⁓

"我早说过你就是吃这碗饭的，小子，你每天都在进步。"袖珍小丑评价道，脸上带着父亲般的自豪。

"谢谢你救我出来。我不在乎你个子小，也不在乎你不是人类，更不在乎你把他吃了。他是个坏蛋，被吃掉也是应该的。谢谢你愿意带上我一起。"

眼前的东西卸下了身上所有的装扮,露出了珍珠色的皮肤和怪异的牙齿,看起来更显邪恶。他如痴如醉地吮吸着几块小骨头,直到把每一块的骨膜都剥开,这种纯粹的享受让他涎水直流。他把"削好皮的"骨头挨个儿摆在盘子里,组成一个似手非手的形状。

"来,把线递给我,这只手倒是可以用来做个不错的傀儡娃娃。你也吃点儿吧,小子。我猜你不喜欢生吃,就特意给你烤了一下,闻起来挺香的,应该味道也会很好。冰箱里还有好些呢,而且也保不齐发电机会不会突然失灵,那样就太浪费了。要不我们明天还是请几个朋友过来吃午餐吧。这只兽相当肥美,可见'啤酒肚'这个说法还是有道理的。"

那个曾经叫作卢卡斯的男孩如今听话地主动跑去装了一块烤肉,开始大快朵颐。在他的一生中,很少有食物能让他吃得如此愉快。现在,只剩下最后一个问题:

"其他骨头怎么办?傀儡娃娃只用了一部分。我们要怎样才能把剩下的那些藏起来呢?"

"别担心，小子，肥猪舞娘贝琪和小闪会帮忙的。"他微笑着回答，露出他闪闪发光的奇怪牙齿，上面镶着带血的肉丝。

人面・獸心

海洋女神，以美丽为伪装，在礁石间隐藏了身影。她渴望，她害怕，她凝视。人类世界在她心里是恐惧、冒险与乐趣的代名词。

这怪物有着鲨鱼的灵魂，她一边乐此不疲地用手碾碎鱿鱼身上的突起，一边享受着阳光在她湿润皮肤上的爱抚。

男孩赤裸着身体，只有脚上穿着一双小小的凉鞋，那鞋子是用从未有人见过的材质做成的，像触角一样缠住他的小脚丫。他小小的脚看起来很嫩，闻起来甜美又新鲜，肉质应当类似海生哺乳动物的幼崽，但没有海盐和水藻的风味，而且他珊瑚色的皮肤也少了几分光泽，多了一丝干燥。

小男孩勇敢而略显笨拙地在岩石间跳跃，在退潮后形成的水洼中，寻找大海母亲遗落下的小鱼小虾。他的膝盖上有擦伤，一只手里拿着一根带把的捕鱼网。虽然大小不同，但眼前的男孩还是让她想起了那群名为人类的存在——是的，她对他们十分了解。她曾躲在离岸边不远的藏身之处里，远远地观察过这些人，看到过他们骑在或大或小的木头动物或者金属动物的身上，在海面上滑行。他们长得和她很像，但她推测这群人不能在水下呼吸，因为她见过他们活着掉进茫茫大海时的样子：他们立刻就会失去生命。她也见过他们沉入咸水深处，七天后又浮出水面，身体像死海豚那样臃肿。而每当这个时候，他们用不了多久就又会沉入海底，整整二十一天后才会再一次浮上来，变得像乌贼触须一般软绵绵。再然后，他们会被拆解为一缕缕肌肉纤维，被海洋生物分食，最后只剩下一副剔干除净的白骨。她还没有在海底世界里看见过活着的人，而她自己也只喜欢吃亲手猎杀的食物，所以迄今为止她还不知道人类到底是什么味道。

她腹中的饥饿躁动不安，她自己也跃跃欲试。只见她把牙齿收了回去，这样她看起来就像个普通人，只是更加狂野，难掩兽性的美。

鼻腔里诱人的香气令她臣服，她于是用强壮有力的双手抓起几条鱼，渐次扔进越来越远离陆地、越来越隐匿于海岩间的水洼之中，把男孩引向她近旁，引向避人耳目的深海。这些鱼儿胆敢无所畏惧地在她的双腿间穿梭，只把她当作海水的一部分，竟浑然不知她掠食者的本性。

男孩上钩了，每一步都更深地踏入陷阱。他走近了，饥饿淹没了一切，她放松了警惕。在令人垂涎的美味面前，她放弃了思考。男孩眼见她改了面容：上一秒还是绿发绿眼的美丽女子，下一秒竟摇身一变，成了眼里喷火、嘴露尖牙的骇人海妖，恨不得马上把她的猎物一口吞下。她长着长长指甲的手宛如利爪，猛地抓向男孩的手臂，桎梏般勒紧了他柔嫩的皮肤，划出道道血痕。她捂住男孩的嘴，把他往海水里拽，想拖进自己宁静的洞穴慢慢享用。满身是伤的孩子被吓得不轻，甚至忘记了哭泣。人鱼看了看四周，没有发现危险，近处也没有人类，于是她改变了主意，决定就在岸上一饱口福，即刻享用眼前的珍馐。她俯下身去，沉浸在男孩的曼妙香气中，舔舐他细嫩的皮肤，用舌尖感受猎物的心跳。她已经想好了要从哪里下口，但就在尖牙已经抵住了男孩皮肤的节骨眼上，一阵剧痛却突然从后颈处传来——她立刻感觉自己快要死了。

这就是第二个故事——地面上的故事的开端。

故事正式开始前,还有几个小时的幕间休息,这段时间里她失去了知觉,也失去了记忆。

突然,她回到了现实,身处一个奇怪的木洞之中。这地方简直莫名其妙,与她之前所见所闻迥然不同。

带鳞片的男人催促着优雅的男人,后者在西服和礼帽的束缚下汗流浃背,几乎喘不过气来。在这里,夜晚比白日稍好,但也不能幸免于地狱般的炎热。演出结束后,优雅的男人还没来得及换下修身、拘束又厚重的套装。

"这么急吗?"团长兼司仪身体圆润,一步一晃地小跑着。他身上的马甲太优雅、太考究,与眼下怪物集市上飞扬的尘土和脏乱的环境格格不入。如此高的气温也为他的窘态火上浇油。

"要是不急,我就不会改行程,也不会昼夜不停地开车过来了。您说呢？"汗水沾湿了龙人的躯干，让他周身的鳞片闪闪发光，这样的视觉效果，甚至让每晚登台前涂抹全身的油脂相形见绌。他的背上长着两个肉瘤，状如萎缩的膜状羽翼，让他的外表离人类又远了几分。至于他身上的鳞片，它们既不是文身，也不是彩绘，而是天生如此：那是颜色介于黄、紫、淡红的网格状结构，如果不定时涂抹膏药，滋润皮肤，就会痒得叫人发狂。不过，虽然听起来有些矛盾，但他身上最令人不安的并非这些，而是他那张在怪异身体上显得格格不入的、完美得像电影明星一样的英俊面庞。

狂野而赤裸的猛兽已经苏醒，她极力地挣脱着手脚上的锁链，力气大得让整个房车都随之摇晃。她用好奇、恐惧、愤怒的目光看向眼前一行人，他们也看着她，但眼里只有寥寥几分兴味：毕竟，他们早已对非常之物司空见惯。

"瞧你和我说得天花乱坠的，这可不是美人鱼。她连鱼尾巴都没有，只是个普通人罢了。"团长想靠新怪物大赚一笔的想法落空了，他补充道，"她顶多只能卖身或者卖艺⋯⋯对，可以让她排一个热舞表演，她丰乳肥臀的，腿脚也有力气,应该能做这个。看她的意愿吧,她想的话我可以收留她。"

"离远点!我见过她露出獠牙的样子,也见过她真的在水里潜了好久才浮上来。她绝对不是人类。我当时一直躲在石头后面,看见她慢慢靠近一个小男孩,然后突然就变出了一副獠牙,我猜她肯定是想吃了他。我费了好大劲才把她拖进石头缝里藏好,然后马上把吓晕过去的男孩带回他父母面前。我只得撒谎说那男孩是玩的时候自己晕倒的。接着我又回去找她,把她塞进车里,开了一天一夜把她运回了我自己家,因为实在是不知道要带她去哪儿了。"龙人的声音里有一丝苦涩。

"这就是你干的好事?你无故旷演这么多天就是为了去海边散步?你小子给我听好了,你出去的时候最好是给我穿得严严实实的,不要落下话柄。你也不是不知道,怪胎在秀场之外有多不受待见!而且,我们的表演是不停的,一天不演就一天不赚钱。要是你不想过这样天杀的生活,下辈子投胎就别做穷人,别当怪物吧!"

"别说了,老板。我爸走了,我刚回去把他埋了,这几天我也是想回家喘口气，调整一下心情。团里也没出什么事，我现在也回来了，而且不是还给您带回来一个宝贝嘛。"

两人试图用英语和她交谈，团长还尝试用了一些简单的法语，但她没有给出任何有意义的回答，只是不停咕哝着含混不清的话语。过了一会儿，他们就看到了：这只怪物露出了尖牙，试图咬开手上的枷锁。

"她可能饿了。我到厨房去弄点吃的来，在弄清楚这东西到底是什么之前，最好低调行事。"团长说道，"你在这看着她。"

"拿块生肉吧。她在那孩子身上嗅来嗅去的样子……"

两人独处时，女人猛虎般的眼神紧盯着男人的一举一动。忽然，四目相对，她的神情似乎缓和了下来，或许是因为男人的眼神中没有恶意吧。那是一双饱经风霜却没有怨怼的双眼，纯净得能够让童话故事里的恶狼平静。见她略微放松了身体，龙人不禁露出一抹微笑，心想，她或许身上也还保有人性。

团长带着"野人"一起回来了。野人以驯兽术闻名，曾经驯服了许多猛兽，现在和他同台表演的那头老虎就是其中之一。团长带他过来是因为他手边正好有一个空着的笼子。笼子里原本住着一只团长从别的杂技团买来的狮子，但它被卖过来的时候就已经又老又疲惫了，没养多久就一命呜呼。他们认为，这个笼子就是她在被完全驯化之前最好的住所。

接下来的几个月里，驯兽师私底下的鞭打没有效果，团长不时投喂的血腥零食也不见成效。但龙人的话语和目光却起了作用。他每天都会对她殷切地说话，日日在同住的房车里陪伴着她（在决定该拿她怎么办之前，她一直住在铁笼子里，里面专门为她进行了相应的改造）。就这样，他一点点地教她说话，教她吃熟食，也让她对团里少数几个知道她存在的人类慢慢地放下了敌意。几个星期后，她开始习惯龙人的陪伴：他在的时候，铁栏杆的另一边，她也能睡得更安稳些。

最终，爱情闪亮登场。一同闪亮登场的还有决定参演的她。她腰部以下套着假鱼尾，上面镶满了鱼鳞状的亮片。她会在装满水的水箱里一待就是好几个小时，让观众看到她不需要空气也能呼吸。这时的她早已成了马戏团的一员。

多年后的一天，龙人因病离世。于是，她的第三个故事开始了。

团长推着小车沿海岸线前行。尽管橡胶轮子很厚，但有时还是会被卡住。最难走的要数潮湿的沙地，哪怕有女人的帮助，拉着小车一直走也让他有些吃不消。两人中，她是更为强壮的那个，而他年事已高，一辈子都待在马戏团里，相比之下简直是个文质彬彬的绅士了。好在此时正值寒冬，天色将晚，没有人对他们起疑。他们几乎是一路无言地走到了礁石附近,直到女人示意他停下来。

"就是这里了。虽然还看不见洞窟,但接下来的路就让我陪他走吧。谢谢你所做的一切,团长,"她的语调带着异域与魔幻的色彩,但却倾诉出最真切的苦痛,"要是有一天我再度离开海洋,我会去找你的。"

两人明亮的眼睛里闪烁着悲伤,哭他们经历过的种种失去,哭他们共度的年华。

"能结识真正的美人鱼是我的荣幸。我会想你们俩的。马戏团的大伙儿和观众肯定也会的。希望有朝一日你还会回来看看,希望我还有机会等到那一天。"

女人展露出她学会的那种人类的微笑,给了团长一个拥抱。她依然年轻、美丽,正如她开始陆地生活的第一天那样。她力量惊人,轻而易举地将麻袋抱在怀里,跳入海中。

她的藏身之处一切如旧,短如人类的一生,不足以让此处的地质构造发生突变,也不足以改变她的容颜。

她解开装着尸体的麻袋,与他相拥,一眼万年。她一手抓住礁石,任两人的身体随海潮沉浮,嘴边哼唱着为他而作的非人类歌谣。待到潮水完全退去,接下来的近六个小时里洞穴中都会充满空气时,她开始慢慢地将他吞食,每一口都倾注了她全部的爱。她充满爱意的手抚摸着男人的身体,每抚摸一下,就用指甲撕下一小块肉,然后用她锋利的牙齿咀嚼。她又花了好几个小时把龙人的骨架清理干净,她一边进食,一边慢慢恢复了原本的面容,但有些东西已经回不去了:她被永远地撕裂成两半,一半是海妖,一半是人。在整个过程中,她的眼睛一直浸在泪水里,在品尝了快要忘记的生肉的滋味后,她的眼睛几乎又恢复了兽性。此刻,她的一张嘴活像鲜血绘就的梦魇。当她滑向自己兽的往昔,耳畔却一遍又一遍地回响起男人弥留之际最后的话语。在知晓死亡即将战胜自己的病中残躯后,龙人说出最后的遗言:"我的爱,死后请将我吞食。愿我常伴汝身。"

肉

"肉。成吨的肉,又湿又软,到处都是。还有好几斤黏在我身上。您知道我在说什么吗?这种感觉您体会过吗?一座肉山泼在我身上,就快把我淹没!把酒给我,谢谢。我需要忘掉这一切,她美丽的面庞,她洁白的、令人神往的肉体好像昨天还在我指尖颤动,今天却化作一团团泛红发臭的肉块,破碎的,飞溅在我的身上。您知道我在说什么吗?她硕大的身体炸开,溅在我的身上,那死亡、腐败的气味!天哪,我无法接受!"

男人受到了惊吓,也有些喝高了,现在正踉跄地来回踱步,他的第三条腿也因不安而走得磕磕撞撞,让他不得不更加努力地维持着平衡。酒精的蒸汽与他脆弱的神经纠缠在一起,模糊了他的视线与神智。他多出的这条腿和另外两条一样,都被裹在不合身的下装里,那是农场主带他到镇上来报案之前,农场主的妻子匆忙间用两条裤子缝在一起赶制出来的。

审问继续进行。虽然警察局长开始对三条腿的男人产生恻隐之心,但公事公办,还得继续问下去。

"冷静下来,伙计,慢慢把话说完。想喝酒就喝,我不拦你。"

男人竭力让自己平静下来——他现在晕得说不出话,只见他两只手撑着桌子,好不容易才站住了脚。接着,他开始讲述他的故事,每个字都很吃力,这一点从他的表情就能看出。

"是这样的,我们是恋人。那天我们吵架了,她和几个演出伙伴意见不合,想离开马戏团,但我不想走。最后她决定自己一个人走,而我也没办法说服她。她之后联系上了一个从前就认识的马戏团老板,他们谈妥之后,我们就分手了。我们其余的人继续赶路,而她则带着她的面包车和房车,留在了我们驻扎地附近的一个十字路口。她的新雇主计划五六天后在下一个目的地表演,沿途会经过那里。您知道,那个地方周围都是农场,没什么人,但她是只要带着猎枪就不怕的。她是个非常勇敢的女人,温柔与力量在她身上奇妙地交织在一起,她不喜欢依靠别人。"

三腿男看着警长,他的眼睛因热泪而浑浊。他又喝了一口瓶子里的酒,再用手背揉了揉鼻子,然后才继续说下去。说到此处,他早已不再故作坚强。

"刚说完再见,我就后悔了。我真该和她一起走的,或者能劝她回来也好啊……或许我该向她求婚。她走后,我没日没夜地想她。您要是见过她,一定会懂我。她很特别,总是那么乐天,总是对生活充满热情,身上像是会发着光……只要在她身边,我就会忘记所有不快。一想到今后再也见不到她,我就难受得发狂。我们当时的距离大概只有三十公里,所以犹豫了五天后,我赶在她还没离开前又回去找她。我远远地看到她的面包车停在那里,心想她也许就在房车里。四下里只能听见烦人的虫鸣,别的什么也听不见。天气热得要命,就像今天一样。那种烦躁,那种地狱般的炎热,简直要把我逼疯!我敲了敲门,她没有回应,我就猜她可能正和别人待在一起。我很嫉妒,就用我还留着的钥匙开了门。进门之后我才知道我错了,您知道吗?里面除了她再没有第二个人。她孤零零地躺在床上，身上盖着一层薄薄的被子。我突然觉得她看起来很大，比平日里还要大，您知道我在说什么。她那时候已经成了一座巨大而光滑的小山，鼓成了一个快要破掉的大气球。我很害怕，但还是揭开了被子。她的皮肤看起来很怪，呈现出灰白色，有点像奶油，脸却几乎没有变化，只不过两颊更白，眼圈更黑，表情也很严肃。她似乎睡着了。突然，她坐起身来，向我伸出一只胳膊，然后炸开了。对，炸开了！'砰'的一声！就像里面装了炸药一样！听起来也像是真的炸药爆炸的声音。屋子里一下子就满是肉块、内脏、鲜血、粪便！那味道……您闻过腐肉的气味吗？比一千只死狗还要难闻，比夏天屠宰场里残骸的味道还要难闻。到现在，我每次吸气都还能闻到那种味道，就好像它长在了我的鼻子里。这股恶臭在我脑海里挥之不去，又好像从皮肤底下冒出来，我擦破了皮也驱散不了。行行好，再给我喝点儿吧，我不想那么清醒，我知道的都已经一五一十地告诉您了。让我忘记这一切吧。看在上帝的分上，让我休息一会儿吧。"

他瘫倒在椅子上，啜泣起来。

警官走上前去，拍了拍他的肩。

"放轻松，伙计，很快就好。请再讲讲您接下来做了什么。"

"我的天，没完了吗？我已经说过了，我肠子都快吐出来了，肋骨疼得要命，喉咙也火辣辣的，唾沫星子里都是血丝。然后我想都没想就往最近的一座房子里跑，进去以后才发现是到了彼得森农场。我急忙跳到灌溉水渠里面，想把自己洗干净，把身上粘着的东西甩下来。那些碎肉块！我觉得自己快要失去理智，完全是下意识地做着手上的动作。即使把头浸在水里，鼻子里也还是那个气味；即使捂住耳朵，也还是能听到聒噪的蝉鸣——对，那天也是现在外面这样的蝉声，我记得很清楚。之后的几个小时里，我头脑一片空白。彼得森先生后来和我说，他发现我的时候，我整个人失魂落魄的，连话都说不利索，眼神也呆滞了。他立马喊他妻子拿肥皂过来，之后他们俩就在水渠里给我洗干净了身体，然后把我抬到床上让我好好休息。他们说我休息过后看起来有点儿缓过神来了，于是逼着我吃了点东西。我机械地道了谢，艰难地咽了几口。彼得森太太给我找了件她丈夫的衬衫，又拿来一双靴子，接着又用旧裤子给我改了一条新的。我之前身上穿的他们都拿去烧了，因为实在是太臭，他们还说那股死人的气味直到现在还留在屋子里，永远也散不掉了。他们又让我一个人待了一会儿，看我差不多平静下来之后，才问我到底是发生了什么事。一时间，记忆涌上来，我就一股脑把事情都和他们说了。彼得森先生去大篷车里核实我的说法，回来的时候脸色就像蜡烛一样白，嘴里嘟囔着要赶紧去报案，所以我们就过来了。就到这里吧，算我求您了，我不行了，我现在好想死……"

"您的证词与农户们的说法一致。先休息一下吧，注意别走太远。"

警察把三脚男叫来，问他是否认识这几个曾来拜访过女人的男子。

"又来问我？"他显然喝高了，但还没有完全失去理智。"第一个应该是'骷髅男'，不会错的。那是她秀场上的丈夫。她最开始登台表演的时候，老板设计了这个噱头：最胖的女人和最瘦的男人，这样的'婚姻'有看点，好理解吧？这样观众的胃口和好奇心就都被吊起来了。一开始确实只是个噱头，但在一起生活了那么久之后，他们假戏真做——在现实中也成了一对，不过没有走到结婚那一步。我和您讲，她身上有一种天然的美，没人能够拒绝。"说到这里，他终于忍不住落泪了，"他们当时是一起加入我现在的这个怪物集市的，他们都受够了上一个老板的刁难和剥削。那时候，他们已经掰了，但关系还行，也继续在公众面前装成两公婆，继续表演他们的滑稽戏码。后来，我和她走得越来越近，一天晚上，不知道怎么的，我们就……哎，后面的您也知道了。"他的声音开始打战，"我猜，看到她真的下定决心要离开，'骷髅男'应该也想去劝她留下来。这一点我不怪他，反而完全理解他的行为。也可能他是想和她一起走，这样他们就能继续同台表演。但这一点您恐怕得问他本人了，他就在这里往南三十公里的地方。至于那个黑人……妈的！"三脚男气得猛拍桌子，"原来是这么回事！她是在和他偷情！真没想到啊。他是我们团长雇的脚夫，帮忙装卸东西的。他也离开马戏团了，但是比她早走了几天——我们都没想到这一层呢。看来他们是早就想好要瞒着所有人远走高飞了。我最后听到的是说他在城里找了一份工作,但我敢肯定这是他故意放出来的话,实际上他们肯定是要跳槽去同一家马戏团,他先走几天应该是提前过去商定细节了。"

一名手下走了过来,打断了审讯,手里拿着一个药瓶。

"长官,我们在现场发现了这个。可真是人间地狱啊,真的受不了。我们已经把鼻子和嘴巴堵得死死的了,但还是没法忍,而且这味道似乎还越来越臭了。我觉得我们可以开始通知法官和法医了,让法医去检查一些为数不多还比较完整的尸块吧。您这边也可以开始准备收尾的文件和手续了,已经没什么可查的了。唯一值得一提的是这个细口瓶,里面还装着药片,这说明死者应该罹患某种疾病。而且您看,标签上写了名字:斯图尔特医生。他在镇上是颇有名望的。"

"好,"警长说,"既然是位医生,那你们现在去请他过来一趟,这样我们也算是一石二鸟了。让约翰逊和柯林斯去找'骷髅男',他在往南三十公里的怪物集市上。还有那个高大的黑人,也叫他过来一趟,他应该就在……见鬼!

只知道他应该是在某个集市上工作——这叫我怎么猜呢？去问问三条腿的那位吧，他就在外面。哦对，记得把法官带去案发现场，让他见证整个过程。现在，让我自己静一下，整理一下思路。"

警官重重地坐回椅子里。他需要一个人待一会儿，消化一下目前的信息。将近一个小时后，史密斯又一次敲响了门。他把医生带来了。

"请坐，斯图尔特医生。贝琪·佩吉——绰号'世界上最胖的女人'——被发现死在自己的大篷车里，身体炸裂。我们推断爆炸是由尸体腐烂而产生的气体引发的，但目前死因尚不明确。我们觉得本案是情杀的可能性很大，但目击者的证词似乎并不支持这种观点，所以还得请您做一下法医的工作了。另外，我们发现了一个瓶子，标签上是您的名字。我们现在往大篷车走，在路上您把您知道的都告诉我吧。"

"噢，贝琪是我的病人，也是一个让人难以忘怀的女人。她真可怜。如果要验尸的话，我得回趟办公室拿些工具。"

"尸体的状况……恐怕是进行不了常规的尸检了。人已经碎成块儿了,组织也已经严重腐烂。三条腿的汉子是第一发现者,他以为她是躺在床上,但其实她当时应该已经死了,而且体内开始腐烂,产生的气体让身体膨胀,最终产生了爆炸。"

"噢,太可怕了!她的心脏很不好,我告诫过她必须减肥,否则心脏会无法承受的。一年前她来找我的时候,我就是这样说的。她这次过来巡演的时候又来我这里检查了一次,结果体重还更重了,于是我给她下了最后通牒:必须马上减重,否则很可能会猝死。我给她开了一张调整饮食的处方,还开了一瓶药让她这几天吃,吃完之后再去我那里拿明年全年的药。看来她还是没挺过去,她的心脏负担太大了。我真为她感到难过。她是一个非常特别的女人,你很难抗拒她的魅力,她很美,笑容能点亮整个世界……"

警长和医生进门的时候,法官已经在那里了。相关手续很快就办完了。房车里的气味实在令人难以忍受,医生建议最好不要吸入这种尸体腐败后产生的有毒气体。法官下令传唤所有与案件相关的嫌疑人和证人,并下令对大篷车进行焚烧：这辆大篷车俨然已成为一座巨大的棺椁，法官觉得这实在是唯一合适的处理方式。此外，很显然，无人有资格认领这具一铲铲清理出来的女性尸体。

没有举行庭审的必要。四名嫌疑人都被当场无罪释放，因为他们都有不在场证明，而医生的证词更是起了决定性作用。裁决如下：死亡原因系冠心病导致的自然死亡。

"世界上最胖的女人"最终死于肥胖。在她死去的地方，三个男人和一个快要成人的男孩为她立好了十字架的墓碑，然后，在其他许多外貌特异的男男女女的陪伴下，他们在骨灰上献上鲜花。他们四人为她而哭，哭他们对她的爱，哭斯人已逝。

两天后，三条腿的汉子换上最好的西装，梳好头，修好胡子，喷上香水，开着卡车来到那里与她道别——曾经的十字路口，而今已是一座巨大的坟冢，让两人阴阳相隔。他站立在那里，向爱人倾吐衷肠，而表白的心语却随风而散。他对准太阳穴，扣动了扳机。

鹿女之吼

十岁，年仅十岁。十岁的孩子身处火海，火苗蹿得比教堂还高，火舌舔舐树梢，将他送往天堂。第十个年头，他跑在回家的路上，巨大的恐惧吞噬他的心。十载光阴太短，他还没学会在浓烟与烈焰间自保。那天孩子刚满十岁，而礼物正是他自己的生命。

"儿子，今儿是个特殊的日子，我们可以用威士忌和蛋糕来给你庆生。"父亲举起酒瓶，灌下一大口酒——好像不喝酒就说不全一句话似的。这一整套动作行云流水，全拜他数十年如一日的喝酒生涯所赐。

他并不是个不称职的父亲，他对儿子一直很好。若真要说他有什么失职之处，那实在也非有意为之：他已遭受人生的风雨，却仍愿意为后辈撑起一把伞，哪怕这把伞破旧不堪，摇摇欲坠。靠山吃山的生活充满劳作与辛苦，对每个人来说都是如此。在大山之中，从来只有生存，没有童年：想活下去就得学会使用步枪、布置陷阱、追踪猎物，就得掌握去毛剥皮、鞣制皮革的技法，就得通晓屠宰、切块、备货、运输之术，把猎获的动物从森林运到村子里出售。

父亲的声音有些颤抖。他将蛋糕的制作方法一笔一画地写在了纸上，纸张被他皲裂的、布满老茧的大手捏着，上面歪歪扭扭的粗糙字迹和他这双手一比，倒也显出几分精致小巧了。他几乎不识字，因此这一举动便更显柔情，男孩看着父亲，又圆又亮的眼睛里充满了钦佩。男孩很爱父亲，即使他有时候会喝得烂醉如泥，而男孩不得不抓准时机扶他上床，免得他在地板上倒头就睡。

"儿子，这味道肯定美死了！"他边说边把三个鸡蛋和半茶杯蜂蜜用力搅匀。"你待会儿就能知道有多好吃了。我特意从老乔那里要的秘制配方，那可是他压箱底的，我请他在酒馆喝了好几轮他才答应给我呢！那个老家伙还让我保密，还说想靠这个秘方大赚一笔，真是病得不轻！自从手指萎缩，他的生意就垮了，之后他就一直想要把这个配方高价卖出去，还说这个方子养活了他一辈子，让他赚足了好名声，总有一天有人会从大城市专门跑过来求着他买呢！哈哈，儿子，你怎么看？他在烤炉边上做了一辈子的糕点，而我现在可是大姑娘上花轿——头一回！要是被你妈看见啊，她准会剁了我的手的！'一个大老爷们在这给我做蛋糕？！'她肯定会这样大喊大叫的。但你看，人家老头子还靠着厨艺过活呢。哎，真见鬼，你妈妈抛下了我们……不过呢，今天你就满十岁了，我这辈子吃过的最好吃的甜点肯定就是我现在做着的这个了。还记得当年，我和你差不多大的时候，我们几个朋友会在街上追着做面包的师傅大喊：师傅，师傅，你帽子下面有面包吗？……好了，你去看看河岸边那两个陷阱吧，我这边快做好了，就差放进去烤了，现在已经预热得差不多了，温度正合适。如果陷阱抓到东西的话就先带回来，别让狼和熊占了便宜。"

"好的，爸爸。"

"我爱你，儿子。"

我爱你，儿子。这是儿子听到父亲说的最后一句话，也是父亲从未从祖父口中听到的话语。男孩在河岸边多逗留了一会，他顺着动物的脚印一路追踪，直到足迹消失。那只动物的蹄印绕着其中一个陷阱转了好几圈，却始终没有踩下去，好像是在以此为乐，又好像是在展示自己的智慧，告诉男孩它知道那个金属圆圈的用途。男孩无功而返，只看见地狱的火苗，扰乱了森林的一隅。他双腿发软，快要喘不过气来，但还是用衣服捂住了嘴，颤抖着走进了火海中的家，大声呼唤着父亲，叫得喉咙生疼。

他看见父亲躺倒在地上，心头一紧，随即因缺氧也昏倒在地。

森林成了一片火的海洋，一个烤炉，大有吞噬一切之势。

人的哭号与动物的哀鸣不绝于耳；树枝燃烧发出噼里啪啦的响动；火在树叶间穿梭，窸窣作响，又伸出火舌席卷地面，嘶鸣不断，像一条疯狂而贪婪的毒蛇。

黑色的火花倾泻而下，树木扭曲着身体，发出无声的尖啸。悲剧发生后，火焰的雨又下了几天几夜才完全停息。最后，橘红的烈焰燃烧殆尽，给树林铺上一张黑色的地毯，用悲伤装点了哀鸿遍野、枯木横陈的森林。

人们自发用锅碗瓢盆装水过来救火，但这样愚公移山的灭火意志在滔天的火势面前真是杯水车薪。大自然让人们意识到自己的渺小与不自量力后，终于下令让火势逐渐平息。村落里的居民大多幸免于难，燃烧的火舌只舔舐了村落远郊几所房屋的外墙，并未波及村民聚居的地方。

我只想不存在。只想存在于虚无。只想抓住长着角的头骨，套在自己的头上，让自己消失。不想再做人类的一员，不想别人同我说话，只想沉溺于孤独之中。

我没有疯。过去没有，现在也没有。还是说，我已经疯了？没关系，都一样。过去、现在、未来，我无时无刻不想回到我的庇护所，它就在这个世界的倒影里。那是我永恒的乡愁。

她很美丽,眼神中有着不属于这个年纪的睿智,就好像她少女的身体里居住着一位老妇人。她戴着骨头和鹿角做成的面具,我完全沉浸其中,情不自禁地跟上了她的脚步。我们像小鹿一样轻快地奔跑着,我一直紧随其后。浓烟和火焰被抛到脑后,好像什么都没发生过一样。我甚至忘记了父亲已经离世。我们来到森林中的一块空地,她停了下来。她开始笑,笑声像涓涓溪流淌过开满鲜花的草地。她穿着极单薄的衣裙,几乎衣不蔽体。我走近她,想看看——不,是我一定要看看她的脸。头骨面具的两处空洞里,她双眼闪烁着的光芒照在我身上;而她眼里是点点星火,好似无数双眼睛。

她牵起我的手,让我感觉无比舒适,仿佛世上所有的平静都在她柔软的掌间。突然,一声低吼撼动了整片树林。我是听着鹿鸣声长大的孩子,但却从未听到过如此强而有力的吼叫。

"母神对水呼唤,"奇怪的女孩如是说,"现在你必须离开。拿上我的面具,母神会给我一个新的。"说着,她把鹿的头骨从脸上摘了下来,只摘下了头骨,鹿角还在原处,骄傲地挺立,为她加冕。她的一头黑发乱蓬蓬的,树叶与枝条杂陈其间。我发誓,她那色如枯叶、带着笑容的面庞绝对不属于这个世界,这散发着绿叶与动物气味的女人,身体里流的是森林的血。

醒来时,我的耳畔传来低语:"我没能救醒他。对不起,小家伙。"睁开眼时,我发誓,我看到的是一个长着巨大鹿角的女人。我动弹不得,但视线却片刻都无法从她身上挪开,我目送她消失在森林深处。大雨倾盆,将最后一缕火苗浇灭,但却洗刷不了周围无处不在的焦煳气息。

我听到了焦急的呼唤与沉痛的哀号,看到了熟悉的面庞。

我想存在于虚无。我想不存在。我用头骨盖住脸上的灼痕,让自己消失。我的新父母,也就是收养我的人说,在伤口结痂的那一整年里,我没有说一句话,只有在换药的时候才愿意把头骨摘下。他们不知道的是,我并不在那里,那时候的我,是一片森林。

伤口愈合后,我的头上开始长出小疙瘩。养父在确定它们不会疼后,就像园丁那样耐心细致地为我修剪这些隆起。这是我们的秘密。只有我、父亲和母亲三人知晓。他们爱我,关心我,把我当亲生孩子一般对待,给了我全部的爱。他们还送我上学,给了我一个小康之家能给予的一切。他们并不在意我孤僻的性格,也不在意我头上总是倔强地要长出来的东西。

时光飞逝,转眼间我已长大成人,他们也渐渐老去。我开始反哺家庭,报答他们的养育之恩。之后母亲离世,不久后父亲也跟着去了。我悲痛欲绝,发誓再也不修理我头上破土而出的东西——我很清楚,那正是鹿角。然后,我又从柜子里拿出了尘封已久的头骨面具。怪物马戏团到我家附近巡演的时候,我还会用太阳帽遮挡住我头顶的犄角。但看到他们,我就知道,是时候改变我的人生了,是时候不再躲躲藏藏,是时候做我自己了。于是,我找到怪物集市的负责人,加入了马戏团,所以现在我才能站在这个舞台和大家分享我的故事。不过,不久后的某天,我就会回到森林,去寻找我的救命恩人。

每次演出，鹿人开口讲故事时，观众都会全神贯注地聆听，若有所思。人们都以为面具后的这个男人有着瑰奇的想象力，他头上顶着的也不过是做工精巧的头骨与鹿角。不过，他的故事仍然引人入胜，扣人心弦。他实在是位了不起的说书人。

每天晚上演出时，他都会隐藏在阴影里，只用油灯营造出阴郁的氛围，这能让观众更快地走进他神秘的故事世界。而在演出的高潮，两盏聚光灯会骤然亮起，打在他身上：头上的白骨赫然在目，观众被深深地震撼，他也以此作为故事的结局。更令观众惊奇的是那对硕大的鹿角：观众往往会眼睛瞪得浑圆，他们感慨于鹿角的威严，而想到会是多大一头鹿才能生出那么壮观的犄角时，他们又是多么神往。这对鹿角十分壮观，简直前所未见、闻所未闻。马戏团在以狩猎为生的村庄举行表演时，猎人们都会由衷地感叹：光是一睹这副鹿角的风采就能值回票价了。而在那些不以狩猎为生的村落或者在大城市表演时，人们照样会发出惊叹声。但是，相信我，更大的惊喜还在后头：只见鹿男摘下头骨面具，脸上确实满是灼痕，他剃了光头，所以能清晰地看见，那巨大的鹿角就长在他的头顶。每每此时，观众都会爆发出雷鸣般的惊呼与掌声。

另一种魔法

嗙——

盖子滑动发出的声响吓了观众一跳，旋即让他们目瞪口呆。台下昏暗的光线里，观众满是牙垢的牙齿隐约可见，星星点点地闪着微光，这是因为全场只有观众席两侧的聚光灯投射出光束。在幽暗的环境中，其中一道明亮的射线好像赶着布满整个舞台，因此急切地飞向了这场内唯一能反光的白色物体：一排排牙齿。这似乎确实是一束有生命的光源，只见射灯扫过一位又一位观众的面庞，捕获从他们张大的嘴里发出的惊叹，放大了他们陶醉与讶异的神情。

另一束更强的光线对准了舞台上的主角："世界上最不可思议的魔术师"，对准了他正在表演的奇迹。"这位魔术师能将人切成两半，然后又复原如初，而且复原后身上既不会有伤痕，也不会有毛病！"怪物集市上，叫卖员如是宣传着"魔术先生"新研发的魔术表演。表演中会有一位身着闪亮紧身套装的金发美女做魔术师的助手。

是的，每个人都急不可耐地期待着演出的高潮。他们也正是奔着魔术师的名气来的。凡是有大型农贸市场的地方，消息就会在口口相传中不胫而走，如野火般传播，因为这里聚集了往来行人与各路商贩，天南海北的人齐聚于此，讨价还价，出席拍卖会，参加各种活动……

一个月前，魔术师委托画师为他的新节目绘制一张新的海报。画师很快就完成了委托，因为他要做的不过是抹掉戴着高礼帽的优雅魔术师旁边的两个矮人，再把新助手的性感形象覆盖上去。

∽∽∽

从海报中被拿掉，这是多大的冒犯啊！而被冒犯了的小小的女人，嘴角抿得多紧，拳头捏得多死，心里又有多痛啊。她像瓷娃娃一般精致，有着完美的身材比例，当她临时接到通知的时候，木板上已经刷好了新的油彩，画家也已经在握着画笔赶工——对，最后一刻才通知自己，实乃懦夫之举。得到消息后,她小小的指甲狠狠地扎进背在身后的手心里。一滴鲜血滴落在干涸的土地上,她身边小小的男人用脚偷偷地抹掉了血迹。他知道,女人虽然面色冷峻,一言不发,但内心正燃烧着怒火。他自己也体会到一股强烈的愤怒在太阳穴上突突地跳动,染红了他的面颊,但他克制住了自己的情绪,因为他清楚,她是一座火山,一旦爆发就会波及甚广。而现在,火山就快爆发。当怒火红了双眼,无论性别、无论体型,任何人都会变得十分可怕。他刚认识她那会儿就知道这一点。那时候还只有她一个人协助魔术师表演,他们的技法也以"不可能的诡计"为主,比如让魔术师突然把她从高礼帽里变出来——在没亲眼见过她如何钻进去之前,谁又会相信这顶礼帽竟然还能藏人呢?"这里没有,那里也没有。"魔术先生用他抑扬顿挫的腔调引导着观众的注意力,小小女人此时迅速上台,飞快捡起上一个魔术中用到的、现在散落在地的手帕,然后一闪身,马上消失在了舞台的边缘。"噢,这顶帽子好像会动!"他接着说,一边小心翼翼地掀开帽子,里面正是女人小小的身影。此时,她已经换上了另一套衣服,正在翩翩起舞。不知道是因为她优美的舞姿、非凡的体型，还是她凭空出现的事实，但观众总是在惊讶与赞叹中对她报以热烈的掌声。而事实上，连魔术师本人都猜不透其中的关窍。不过也只有这一个节目是女人的专长，其他魔术都是他的拿手好戏——当然，也是所有三流魔术师都会的把戏：剪铁环、注意力引导、纸牌戏法、双层魔术盒……而他唯一的明星节目——大变活人——却全都是小女人的功劳。她却从不以魔术师自居，也不愿意透露太多演出细节。魔术师每每旁敲侧击，她都会这样回答："我祖母常对我说起，在爱尔兰，她的祖国，有很多像我这样的人，他们都会魔法，并因此受到尊重与敬畏。但她最后流落至此，这该诅咒的国家和时代，我们在这里只是集市上的怪胎。"而魔术师自然不接受这套说辞，他认定了这一定是个绝妙的把戏，一个无与伦比、前所未见的出色骗局——要不然，自己如此近距离地看着，也是演出的一员，但为什么还是不能领会其中奥妙呢？所以，准没错，这是一个十分精妙的戏法。仅此而已。一个不懂装懂、以玷污魔术本源为生的人，自然不会相信真正的魔法。但不管怎么说，他还是给了助手足够的尊重和关怀，他在意她，就像谋生的人在意自己的饭碗。女人倒也乐于以表演魔术为生，因为这总归比另一种生活更体面：被关在玻璃柜中，或被放在写着诸如"世界上最小的女人""真人娃娃"这种字样的基座上，再被拿到怪物博览展上任人观赏，换取几枚分币以求果腹。

当小男人见到她时，她在舞台上熠熠生辉，光彩照人。她身材小巧，像一只萤火虫，装点了山林的夜空。那是一个寒冷的夜晚，他现在的家人在家门口发现了他，他就这样被遗弃在那里。转眼夏天到来，为了让他在天黑时不害怕，养父会抓几只萤火虫放进细口瓶中，让它们与他在黑夜里做伴。夜晚过后，吃早饭前，他们会一起到小屋门口，打开瓶子把萤火虫放出来，"因为惹森林里的动物生气是不对的"。每次放归，父母都会让他许个愿，而他也总是许下同一个愿望：长大。"你会长大的，每个人都会按照自己的节奏成长。"父亲如是说，每天如此。但愿望从未实现。他的父母在收留他时已经年迈，之后便过早地撒手人寰。他没办法，只得在一个马戏团巡演至此的时候去讨了份工作。那个马戏团中特异人群不多，最后被并入了他们现在工作的这一个：这里与众不同，从不把怪胎当作标本展出，而是让他们排演各式各样的节目。而小个子男人最终在魔术师的表演中找到了立足之地，与他现在的妻子一同出演。虽然他的体型远没有她的那么引人注目——她身高60厘米，而他是80厘米，但这20厘米的差距并不影响他们成为"天造地设的一对"。两人在人生中都遇到过其他矮人，但那些都是他们所谓的"短胳膊短腿的普通人"，而不是他们这种身体比例协调的"小一号"人类。命运让他们走到了一起，无论是在生活中还是在工作中，他们的配合都天衣无缝。"魔术先生和魔法矮人"，这是马戏团写在海报上和马车顶的宣传语，也是职业宣传员的专门话术。他跟着魔术师学了一些基本的把戏，而她则利用自己的能力把这些把戏变得和"大变活人"一样精彩、吸引眼球。魔术师的名气越来越大，他和她也拥有了彼此，拥有了共同的谋生方式。就这样，两人幸福地生活了很长一段时间。

然而，平静的海面下却一直暗流涌动。一开始，魔术师并不想接纳新成员，而正是此时，他和小小男人见证了小小女人的怒火。她数日内就已下定决心，要永远爱这个命运赐予她的男人。"仙女是任性的,"祖母告诉过她,"她们生气的时候非常可怕。"魔法师无数次地说服自己相信,当时从女人瞳仁里冒出的火花只是幻觉:她当时爬上一张板凳,指着他的鼻子让他无论如何都必须接纳新的助手。魔术师同样说服自己忘记的,还有她指尖冒出的闪光:她当时激动地比画着不知名的手势,明确表示如果他不接受,自己就会离开,而他的明星梦也会因此夭折,说他不过是个三流魔术师,耍的把戏连乳臭未干的小屁孩都能识破。他妥协了,因为他知道她才是表演的王牌,也因为他真的害怕她发火。小个子男人当时想过来问问魔术师考虑得怎样,但刚走到门外,就从半掩的门缝里目睹了这一切,于是在被发现之前转身离开了。过了一会儿,女人来找他,欢迎他加入魔法秀。而魔术师本人也从震惊中回过神来,对男人表示了欢迎。

若干年后,魔术师似乎已经忘记了这回事,至少他曾经体会过的恐惧似乎已经随着时间的流逝而消散了。此外,他还知道自己能表演出至少和这对情侣一样华丽的节目,这也增强了他的信心。爱情也令他如虎添翼,金发女郎闪亮的笑容让他神魂颠倒，她曼妙的曲线使他辗转反侧。而且，这个女人还带来了真正巧妙的戏法，那是一个和她长得一模一样的女人，她的完美复制品，只是没有双腿。魔术师如获至宝，有了她们，哪个魔术师还愿意表演拙劣的技法呢？他再也不用把那套花里胡哨的戏法搬上舞台，让女伴以极不舒适的姿势藏在木箱的隔层中，还要假装那双木头做的脚是真的。而现在，他不费吹灰之力就能让女伴的半截身体，在众目睽睽之下从舞台这头移动到那头，而且"被锯断了身体还能有说有笑的，之后还能拼回去"！这套把戏的看点就在于此：他首先会按照老一套进行前面的步骤，让观众误以为这只不过是假装锯断身体，但实际上只是将两个人分别放在两个盒子里，分别展示出她们的上半身和下半身罢了；而就在观众以为自己已经看透了魔术师的把戏，开始展露出得意的表情，发出充满优越感的嗤笑时，魔术师会故作神秘地慢慢滑动木箱上的盖子，直至突然完全揭开，再把女人的上半身整个抱起来，转移到旁边一个基座上，和她谈笑风生，之后再把她放回盒子里，用他的"魔法"把锯开的两半拼回到一起。这时，观众们就一个个眼睛瞪得溜圆,嘴里只剩由衷的惊叹了。

这位迷人的金发女郎最初到马戏团来是为了介绍她姐姐的绝技,她是姐姐的经纪人。姐妹俩一直生活在一起,这也是她们的谋生方式。几天内,团长就看到了这位半身女士无限的可能性,于是同意她加入,但他还不确定这位经纪人应当何去何从。而随着魔术师与妹妹彼此了解的加深,两人日久生情,擦出了爱情的火花,也有了亲密关系,于是他们想到,可以共同生活,共同表演。就这样,魔术师与他的"魔法矮人"彻底决裂,从此在演艺生涯上分道扬镳。

嗒——

这天晚上,人们赶着去看城市里新来的马戏团的表演。自从魔术师与矮人夫妇决裂以来,他们两人心中的怒火一直燃烧不断,而新的魔术表演在之后的一个月里也因此只举办了三场。

金发女郎无法忍受这个身材矮小的女人在两人目光相会时眼底的严寒。可以说,她打从一开始就感到害怕,在她命运的轨迹还未发生突变前就惴惴不安。矮人眼中的仇恨让她不寒而栗，而那酷似娃娃的脸上强挤出来的恶魔般的笑容，更让她心惊胆寒。不过，小小女人没有这样看过姐姐，毕竟，她残缺的身体已经是最大的不幸了，而且，她也几乎不会离开居住的马车，生怕有好奇心强的观众会慕名而来，撞见她也在团里——这样一来，把戏就会被拆穿了。人们几乎只能在舞台上和沿路休息的时候看到她，她拖着畸形的双腿，像鸭子一样蹒跚地滑行。她喜欢用衣服遮住下肢，而这无疑让她的步态更显怪异。但抛开这些，她其实和妹妹一样美，而且更加聪慧。毕竟，她没有值得炫耀的双足，于是转而将更多时间用于阅读。和她谈话令人如沐春风，认识她的人都说她有着独特的魅力。

结识两姐妹的几天后，魔术师就把姐姐奉为自己人生棋盘上的皇后，而矮人夫妇则被迫离开了秀场，另谋别的出路。此时，已经是他情妇的妹妹远离了那个如此憎恨她的"恶魔娃娃"，终于安下心来。

"我不想被展出，我只想登台表演。团长，我不会再乖乖回去做游乐场上的陈列品了。我丈夫也一样。"小女人抗议道，声音里充满怒火。团长有些后悔自己建议他们在有了别的节目前先做奇人展览，因为他话音刚落，女人带着怒意的声音就像飞镖一样扎进了他的耳膜。"不能上台，我们就走。"

"给我几天时间考虑考虑吧。"团长回答道，心里为小女人斩钉截铁的强硬态度而犯愁。

几天过去了，没有任何消息，而仇恨却在与日俱增。

于是，他们走了。

爱尔兰祖母说过："无人能阻挡仙女的愤怒。"

魔术师的内心也悄然发生了变化，他意识到自己错了：虽然姐姐没有腿，但他真正属意的人其实是她。两人的好感是相互的。从未有人能撼动姐妹俩的关系，而这个男人即将做到这一点。他们开始发展地下恋情，因为男人不想让明里的恋人受伤，也因为女人不想伤害她生命的另一半——她私心想着，地下恋情只会持续一段时间，而且为了妹妹，必须得瞒着她。

但有些故事注定会走向错误的结局，因为不可能不出错。

哗——

盖子的最后一部分滑动着。

嘭——

盖子撞击木箱的金属支架,发出干脆的响声。

紧随其后的是"扑通"一声和令人不寒而栗的"扑哧扑哧":一颗头颅脱离身体,从一米高的地方坠落,又像西瓜一样裂开,鲜红的血液疯狂地喷涌而出。血是熟透了的西瓜色,染红了美丽的金发,围绕着圆球描出一摊血迹,如同一个险恶的光环,照亮了她几分钟前还鲜活的面容。

人群中传来一阵骚动,继而观众席乱成了一锅粥,惊恐万状的人们经历了最初的震惊与混乱后,开始爆发出此起彼伏的惊叫与呼号,撕破了夜空。看客们发出的同一种惊恐的声浪,旋即又被冰冷、黏稠的恐惧冻结。这不是什么把戏,这是真正的死亡。

双胞胎中还活着的那个双腿被困在箱子外,此刻正焦躁地扭动着。

"放我出去！"她绝望地喊道。发生了什么事她再清楚不过了，因而她无法忍受继续被关在这个空间里：她的胞亲就死在自己身旁，双眼仍被蒙住，双手仍被卡在暗箱之中。血腥味充斥着整个以帆布为墙的空间，进一步污染了其中污浊的空气——那是散发着汗味和人味的恶臭。

魔术师像一头受伤的狼哀鸣不止，他低沉的嘶吼中，既有仇恨，也有绝望。他抓起锯子，在所有人反应过来之前，开始发疯似的锯起了木箱。这一次，他不是在表演，而是真的在锯东西。他以势不可挡的速度来回锯着，疯狂的心智和爆发的肾上腺素在他体内沸腾，助长了他的力量与狂野。他用铁的牙齿撕咬着木头与女人的肉体，箱内的女人惊声尖叫了好一会儿，直到痛得晕了过去。观众纷纷抱头鼠窜，生怕下一个倒在血泊之中的会是自己。

这就是魔术师最后的表演，是一场复仇，也是没有审判、没有物证的行刑现场。

"见鬼！"一个声音惊叫道，"你杀了她！诅咒你一千零一遍！你这该死的……她从未想过要伤害你啊……"

世界上最强壮的人和团长从幕后跑了上来，壮汉从后面死死地抓住了他。只听见一声清脆的骨头断裂的声音，但这也没能平息魔术师的满腔怒火。又来了两个人把他放倒在地，之后他又被缚住手脚，只等待警察赶到。而即使是在被警察带走的过程中，他也从未停止狼嚎。

不远处，在能看到舞台但又不至于溅到鲜血的地方，一个比孩童高一些的男子正轻抚着小小女人赤裸的背脊，她完美、娇小，此刻已经熟睡。男人再度想起几年前她对他说过的话语："爱尔兰的祖母说过，仙女若是感觉不到爱，就不会再发光了。"他觉得自己做了该做的事：当她向自己提出，要让魔术师和他的两个新助手为他们的大不敬付出代价时，他没有犹豫分毫。他全身心归属于眼前这小小的女人，他的仙后，他的无情的美丽女郎。他永远不后悔用复仇来表达爱意，因为此时此刻，他的妻子身上的光芒比以往任何时候都更加耀眼。

诗句在他脑海中回响。女人把济慈的手稿夹在祖母过世时留给她的一个古雅精巧的笔记本中，这首诗她已经倒背如流。此刻，为了不吵醒身边的人，男人一次又一次地

用极低的声音反复念诵他最喜欢的段落:

我在草坪上遇见了

一个妖女,美似天仙。

她轻捷、长发,

而眼里野性的光芒闪闪。

我给她编织过花冠、

芬芳的腰带和手镯,

她柔声地轻轻叹息,

仿佛是真心爱我。

我带她骑在骏马上,

她把脸儿侧对着我,

我整日什么都不顾,

只听她的妖女之歌。

她采来美味的草根、

野蜜、甘露和仙果,

她用了一篇奇异的话,

说她是真心爱我。

她带我到了她的山洞,

又是落泪,又是悲叹,

我在那儿四次吻着

她野性的、野性的眼。

我被她迷得睡着了……[1]

女人翻了个身,展露出微笑。她的眸子熠熠生辉,充满野性的光芒。他知道,自己绝对不会允许那道光芒消逝——无论付出什么代价,哪怕刀山火海,屠戮千人,哪怕仙女纤纤玉足下踏出一条血路,哪怕血流成河。

---

[1] 节选自英国诗人济慈(John Keats)所作诗篇《无情的妖女》(*La Belle Dame sans Merci*),查良铮译。

蛛女

"点亮怪兽眼中光亮的星火,在神的子民的眼中也同样存在,但后者不敢用好奇心滋养这股火苗,也不敢把燎原烈火视同于自由。我们是怪胎,是并非按照上帝的形象刻画的生物,但我们的欢笑不会带来忧惧,我们的快乐也并不夹杂罪恶感。我们像动物一般纵情宴饮,耽于声色,在至高的审判者面前,我们肆无忌惮地载歌载舞,笑看他人颔首低眉,勤恳祷告。"

马戏团发现蛛女被扔在附近的十字路口时,师父立马收留了她,把她当女儿一样对待,"蛛女"的名字也是师父根据她的特点取的。被发现时,她简直是一个半裸的肉球,身体的每一个部位都沾满了血,手脚都被捆着:这怎么看

都不可能是一个正常人的身体。

◦～∞～◦

龙虾人不得不走下车来仔细查看这个他无法辨识的淡红色肿块。他开始只是瞟了一眼，但立马心头一惊，于是赶忙踩了急刹车。此时的车队正行驶在尘土飞扬的小路上，他的危险举动差点引发了连环车祸。

团长从副驾驶座上跳下车来，打开车门的时候抱怨连连，因为刹车造成的动静太大，把他给吵醒了。司机紧跟在他身后。其他乘客也纷纷摇下车窗，叫喊着询问到底发生了什么事，需不需要马上下车。而他们中绝大多数都按捺不住好奇，还没等得到回应就自行跳下车去，往车队前头走，想看看到底有什么值得注意。短短几分钟内，无数双期待的眼睛就一齐投向了龙虾人和团长，看着他们如何小心翼翼地解开绑住手脚的绳结，试图检查地上的人是否还有生命体征。只见龙虾人用他没有指头但无比灵活的双手完成了这一切：无论看过多少次，这样的熟练与技巧还是能令马戏团成员看得入迷。

一个女人从车队末尾一路跑上前来,她喘着粗气,拖着长裙在尘土中穿行,掀起一阵烟尘。

"让我看看!四条腿!长了四条腿!"她惊呼道,同时一把推开两个大老爷们儿,"是个女孩!我们得给她洗洗干净才能看清伤口,去打盆水,再拿块肥皂来。各位,往后站站好不好?尊重一下别人的隐私。"

没人敢顶撞大胡子。一个身材魁梧的男人跑去拿水盆,另外两个人赶忙从拖车上卸下几大瓶水。

女人轻柔地擦洗着伤痕累累的身体,从临时浴缸里把她抱出来后,泥土地上留下了一摊血迹,女人的衣服上也沾上了大片血污,她像个母亲似的把受伤的孩子放在腿上。

大胡子女人赶过来的时候,团长就放手交给她去处理了。他自己在消失了一段时间后,又火急火燎地带着找来的急救箱再次出现。

他们发现,小女孩虽然身负重伤,但仍活着,只是暂时昏迷不醒。于是他们决定先原地休整一下,以便更好地照顾女孩。休息过后,他们又出发前往最近的城镇,寻找她可能的家人。他们谁也没有想到要先去找医生。对游乐场上的怪物来说，医生永远是最后的选择，只有遇到他们自己无法处理的问题时才会向医生求助。

"所有人，上车！"团长喊道，"你们先走，按计划前往原定过夜的地点。你们俩跟我的车，等这边处理妥当了，我们再出发和你们会合。龙虾人，拿好地图，上大篷车顶指路！快，快，马上出发！把脸盆也带上，我们用不到了。"

大胡子女人拉过披肩，遮住了孩子赤裸的身体，试图挽回女孩的尊严，她又到马车上取了几条毯子，在那里换了套衣服，又与心爱的大鲍勃吻别。

她检查了一下女孩的伤势，并尽力为她医治。她先在伤处涂上药膏，之后包扎好较轻的伤口，再仔细地缝合较深的伤，以免留下太大的疤痕。另有几处裂口太大，根本合不拢，但好在女人是这方面的专家，她总是帮团员们处理日常的伤口，所以这几处最终也算是处理完毕了。接下来，将女孩抱入怀中，等待她醒来。她该做的都已做完，现在，女孩需要好好休息。

过了一会儿，女孩睁开了双眼。三人看她恢复了意识，立马递上了一杯水，并殷切地询问她的身份、住处和经历。她的眼中满是惊恐，告诉他们她被一只狗袭击了，自己没有父母。被狗袭击勉强可信，但没有父母的事三人是不相信的，但他们无需她多言就能看透这句话背后的辛酸：那是她不愿透露的，充满拒绝、缺乏关爱的童年。而她又恰巧是个女孩，可以想见，情况应该就更糟了。他们看到了她的四条腿（其中两条又细又长，另外两条稍短，但也长过普通人，而且十分灵活），于是自然就推断出了她的处境：父母与社会通常是如何对待人类怪物的，他们再清楚不过了。

"你多大了，孩子？"团长问道。

"十一岁。"女孩回答。从她的样貌并不能判断她是否说了实话，对常理之外的造物而言，遵循不规律的成长规律才是正常的，因此单凭外表很难推测其年龄。

"怎么会这样呢？我没看到附近有房子，你一个人在这里做什么呢？"

"我在找吃的，先生。一只狗突然咬了上来。"

"你有住的地方吗,孩子?有亲人吗?"

"我一个人住,没有亲人,也没有地方住。没人愿意靠近我,他们说我只有腰部以上像人,腰部以下就是怪物。"

"我觉得我们应该带上她一起走,马戏团才是她的家。"团长对两位伙伴说道,"我们商量一下谁来照顾她吧。"

大胡子和龙虾人都被女孩的故事打动了,两张嘴几乎异口同声,但龙虾人还是快了一步,率先提出要做这孤独的孩子的监护人。

"她可以住在我的拖车里,老板,那里有她的地方。她也可以参加演出,我觉得她的腿很有潜力。"

"你觉得呢,孩子?"团长问道,"想跟我们走的话,说一声就行。"

"演出?马戏团?"女孩有些困惑,她从没见过真正的马戏表演,她这辈子最接近马戏团的一次正是眼下:她面前就有两位艺人,一个生着长错地方的胡须,一个没有手指。她没有见到马戏团的其他人,她醒来时他们已经先走一步了。

"亲爱的,我们都是马戏团的一分子,别人也管这地方叫'恐怖马戏团'或者'怪物集市'。我们俩都是马戏艺人，而且都是好人，只不过和你一样，长得和一般人不大相同：我的胡子又软又有光泽，龙虾人的手灵巧又有力，而你有四条漂亮的腿。如果你跟我们走，我们会照顾你，给你一份事做的。我自己在加入这个大家庭后，感觉更快乐了。"大胡子女人解释道。

女孩无法拒绝如此有趣的提议，也无法拒绝大胡子女士的肺腑之言。

"当然，我很愿意。"她回应道，脸上的伤口痛得让她无法充分表达自己的热情。和眼前的陌生男子同住一处让她有点害怕，但反正也不会比她现在的生活更糟。

"那太好了！小家伙，你有东西要收拾吗？要不要和谁道个别？"龙虾人问她。

"没有，先生，"她回答说，"不用麻烦了，直接走吧。"

女孩心如明镜，她不会让父母有机会把她卖给怪物集市，不会让他们从自己身上赚取一分一毫。她并不是傻瓜，毕竟，把她卖到马戏团去这样的威胁论调听得她耳朵都快起茧了。她无辜地降生于世，平白遭受天罚与家人的虐待，

蛛女　117

这些她都逆来顺受了——但绝不能让他们再从自己身上捞一笔。如果成为马戏团的一员是她的宿命，那她要自愿前往，而非被卖过去。

"那就这么定了，"团长说，"但丑话说在前头，我不想听到关于工作环境和生活条件的任何抱怨。马戏团的生活虽然艰苦，但我认为只有在这里，像你们这样的人才能过上衣食无忧的安稳生活。我们出发吧！这样一来，在他们到达之前，我们或许还能赶上，毕竟他们的车比我们这辆要慢多了。希望能赶上，我还想告诉他们不要把我们找到你的事说出去呢。我可不喜欢有警察在我的马戏团边上四处打探消息。不过话说回来，警察一般不关心孤儿的事……但谁知道呢？"

蛛女对那一天记忆犹新：她重获新生。

除了双腿以外，她的智力也非常发达。被马戏团的人捡回来时，她还不识字：她的父母一直把她关在农场的一个房间里,她唯一能获取知识的途径就是和已故的爷爷聊天。她能透过房间的窗户,透过饲养牲口的畜栏看到外面的世界,但只是一隅,而爷爷则会和她讲外面的故事。在月光皎洁的夜晚,她有时会像狗一样被拴着,由爷爷牵着出去散步。除此之外,爷爷还会给她讲他年轻时的故事,那时候,他还有着正常的人际关系,年迈、羞耻与子女的暴行也还没有令他最终与世隔绝。散步时,老人在某种程度上已经断绝了与外界的往来,但某种程度上这也是自愿为之,因为他无法忍受后辈的罪孽。他知晓子孙干下的龌龊勾当,这样的清醒侵蚀着他的灵魂,早早地击垮了他,夺去了他的生命。对爷爷来说,他的小蜘蛛——他的子辈们积累的业障所诞下的恶果——也是受害者,因此,他对她没有轻蔑,只有关怀。而他大行乱伦之事的子女却不这么看,他们看到她,只会想起他们自己对上帝频繁的冒犯。爷爷的一点爱心,是命运将她投入马戏团的怀抱前,她所了解的唯一一种人性之善。

"我死的那天,打开这个盒子,用里面的东西。我死之前不要打开它,把它藏好,不要让他们看到,这一点非常

蛛女　　119

重要。"老人对女孩嘱咐道,他看见自己生命的终点近了,于是将盒子交给了她。使用这份礼物会带来吉凶未卜的结局,他为她准备的东西或许是一枚有毒的糖果:除非甜味所带来的好处大于吞吃所带来的风险,否则不应该打开潘多拉的魔盒。

她打开了。就在龙虾人匆忙跳下面包车的几个小时前,她终于打开了爷爷留下的盒子。也是在那之前,她遇到了桑德斯家贪婪而暴虐的恶犬。那些无视她存在的邻居,她只见过他们遥远的剪影的形状,那是散发着温暖光线的窗户投射出来的影子,远处幸福的阴影和她藏身的监狱一般黑,她好奇的双眼几乎要被摇晃的人影催眠。她迫切地渴望了解他们一家的信息,了解黑暗房间以外的另一种生活。

从她的伤疤中萌发出一个新的世界,开放而自由,她用渴望知识的双眼看了又看。她的聪明才智并没有逃过龙虾人的眼睛,幸运的是,男人童年时就学会了认字,书籍是他逃避现实的唯一途径。在学校里,他是其他孩子的笑柄。在他们看来,读书是课业,是负担,而对他来说,读书是一盏灯,他的老师用心让这盏灯一路长明。老师借给他的每一本书,他用畸形的小手翻开的每一页,都是助他远行的一扇窗,让他萌生了离开那个对他来说如此渺小的小镇的强烈愿望。最终,他如愿以偿地加入了巡演的马戏团,过上了四处游荡的理想生活。他把自己童年的回忆投射在这个拥有蜘蛛躯体的女孩身上,尽管他们不完全一样,他显然更幸运,拥有父母的悉心呵护,还有一处在被嘲弄之后可以安心养伤的避风港;但她还是唤起了他身上无限的慈父柔情。他很早就决计一定要教她读书写字,这是他必须送出去的礼物,可能也是他能给她的最好的礼物。

她学得很快。利用旅行的间隙,她就读完了所有能拿到手的书,并很快开始尝试写作。她特别享受写作的过程。随着时间的流逝,她的故事也越来越受欢迎。不过,她从不允许出版商透露她的身份,所以公众并不知晓她是一名女性,也不知晓她是一个怪胎。她之后再没离开过马戏团。她所有的作品署的都是笔名:阿里阿德涅·桑德森。

马戏团基于一开始给她的"蛛女"定位,又专门为她量身打造了一系列人设，定好了人物故事和一以贯之的人物形象。后来，每当她来到一个新的镇子，宣传员都会吹捧她为"神奇的蜘蛛女郎"。"看呐，她怎样在蛛网上爬来爬去！"喇叭里这样说着，她也顺势配合，用肢体模仿蜘蛛爬行的样子，再摆出一个介于惊讶与恐怖之间的鬼脸。她的表演着实令人着迷。她能在高高的木头支架上悬挂着的、绳索编织而成的大型蜘蛛网上翩翩起舞，也能够看见观众那一双双渴望的眼睛，那些眼睛仿佛要吞下她不真切的身体和美丽，她于是特意排演了一支放荡不羁的舞，诱导观众对她的双臀想入非非，误以为上面有不止一个欢愉的巢穴。她以柔术演员般的灵活移动着细长的腿，她在跳舞时会拖着两条假肢，那是用布料和观众的想象做成的，和她的四条真腿一般长，只是远不及它们灵活。之所以要这样装扮，是因为"所有蜘蛛少说都有八条腿"。团长就是这样才设计她以八条腿的形象登台，四条腿、两只胳膊、两条假肢，这样就不会缠在一起影响活动。此外，假肢还设计得和她的腿一样纤细、结实，完全看不出来它们是布料织就的，它们移动起来如此自然，与其他六肢配合完美。

至于双臂，它们强壮有力，将女人的整个身体牢牢地固定在绳索与空气组成的小剧场中。在那里，她感到无比舒适，比在地面上更加如鱼得水。大地充满了敌意，对她细长的四足很不友好，每当她试图直立行走时，她都会质疑自己的平衡能力。因此，她从未觉得自己的根在地面上。当然，她也从未觉得自己的根在生活中。她适合栖居在风里，不受血缘的束缚。

时光飞逝。这些年来，她表演，旅行，不断磨炼自己蜘蛛的灵魂。这些年来，每每想起童年还是会叫她难受，但她从未忘记那段时光。她只允许自己时不时地在作品中回忆起爷爷，遥寄爱与怀念，也是为了让她深埋的其他记忆片段不至于随时间而消散在风中。

这一天，马戏团回到了她的故乡。

尽管她甚至不愿费心询问下一个目的地的名字，但马戏团的车一到，她还是立刻就认出了那个地方。当年她第一次在日光下亲眼见到这番景致时，那画面就已深深烙印在她的脑海：那棵多年来一直伫立不倒的大树是最明显的参照物——无数个月圆之夜，它只是地平线上一个巍峨的剪影，而直到那一天，她终于可以像拥抱挚友一样拥抱它粗糙而苍老的树干，还有那道无法阻挡野兽的老旧的栅栏，她曾居住过的房子——这是她有生以来第二次从外面往里看，用大树的眼睛看到的"家"。

她的内心已经巨浪滔天，胸口燃烧着炽热的火焰，唾液尝起来像鸩毒。

终于，她爆发了，积压的情感决了堤，冲破了她内心的防线。

她从未像那晚一样尽情起舞。她像狼蛛一般轻盈地爬上蛛网，绳柱在她身后呼啸成声，宛如提琴的弦，她在其中一根丝线上悬垂，疯狂地打转，接着又让她的八条腿落在编织而成的八角形上，这副人造蛛网随着她一天天长大，也在不断扩张，而她频繁地穿行于各地之间，久而久之，这张网也不会再拆卸，这样她就能随时取用，不穿戏服也能练习。围观的众人惊叹不已，纷纷称赞她炉火纯青的技艺，殊不知，她正是他们的同乡，却没有一个人能记住一个他们从未见过的女孩。而今，她多戴了一对蜘蛛腿，化了漂亮的妆，也早已成年——自然更不会有人认出她来了。

据说，有些蜘蛛是有记忆的。她正是其中之一。

演出结束后，世界轰鸣着的引擎暂歇，她走入了熟悉的黑暗。远处，三层的窗户亮着，那里曾是她居住过的地方，但从来不是她的家园。与童年时不同的是，这一次，她并未觉得远处的灯光十分温暖，尽管它的颜色也是童年时邻居家窗户里透出的暖黄。

她走近了。爬墙对她而言并非难事，但要爬到三层的那扇窗户边也并不简单。床上躺着一个女人——她的母亲。梳妆台上，两支点燃的蜡烛照亮了画框，那里画着的正是他乱伦的父亲，那个女人一度背叛过的父亲。女人睡着了，双目紧闭，胸口剧烈起伏，仿佛在做噩梦。

蜘蛛溜进房间，在地板上坐下，四条腿盘在头顶，默默地看着眼前的女人。

然后，她坐着记忆的小舟在脑海中漂流，任意东西。

她又在口里尝到了剧毒的滋味，胸口猛烈地燃烧着，五脏六腑扭成一团：仇恨在她的血管里翻江倒海。

她咬紧牙关，绷紧肌肉。六肢着地，悄无声息地爬行向前。

床上，受害者在她身下，她用长腿勉强支撑着摇摆的身体：蜘蛛完成了她的转变。

她屈起有力的手指，套住了脖颈，之后，在指甲的帮助下，指尖穿透了皮肉。她已经习惯了用手指握住一具尸体行走在空中，甚至也习惯了拖着尸体在她最不擅长的地面上前行。

她像蜘蛛一样进食，像那些刚出生的蜘蛛吞食母体一样。她将尸体吃下，为的是让她在自己的胃里彻底消失，为的是彻底消化那团笼罩在她生命里的阴影。她将尸体吃下，为的是将女人从罪恶中救赎，为的是将自己从悲伤中救赎。她将尸体吃下，为的是让眼前受诅咒的、诞下怪胎的女人成为牺牲了的母亲。她吃，因为她别无选择。

龙虾人又一次发现了浑身是血的她。他记得那个地方，寻遍整个集市无果时，他已经猜到了蛛女的去处。营地附近只有两个地方是她走不稳路的四足步行可以到达的：两个农场。她从来没有告诉过他自己童年时期的真相，当时，在场的每个人也都假装相信了她的说辞（虽说那只是为了让她不再回忆起令她恐惧的往事），但龙虾人也很聪明，他自己已经得出了结论：小女孩自己一个人是活不下去的，她那么小，行动也很不方便，所以她一定有家人。男人往第一个农场走去，迎接他的只有充满敌意的狂吠和狂吠的回声。他掉头就走，不想惊动屋里的住户。他推断出蛛女不在那里，因为他来此处之前一直没有听到犬只充满敌意的叫声，所以他心爱的蛛女并未踏足此地。第二处农场破旧，但避风，在今晚的夜色里独享一片宁静。除了那扇亮着灯的窗户外，周围没有一丝生气。

他确信她会在那里，于是撞开了门，然后默默地爬上楼梯。

她又变成了一个血淋淋的肉团，此刻正瞪大了眼睛看着他。

他抱住她，像真正的父亲一样理解、包容。他用没有手指的手抚摸她的脸，眼底流露出无限的爱意。

"走吧，蜘蛛。"

她跟在他身后，乖巧又顺从，没有了怨恨，也释怀了童年。她焕然一新。

当她从对自己行为的震惊中缓过神来后，她写下了如下的文字，解开了最后的心结：

"我并非从那个罪人的子宫诞生，她所受的神罚就是成为怪胎的母亲。我千百次地咒骂神，因为他的惩罚牵连了无知的孩童——孩子选择不了自己的降生，因为他没有选择另一种惩罚，即煽动孩童的父母像他们的血亲——野兽一般纵乐嬉戏。不，我不是从发情的淫荡父亲的精液里诞生，也不是从他乱伦的姊妹的肮脏的子宫里诞生。不，我不是他们的后代，我是狗的咽门里诞出的婴孩，在那张涎水直流、犬牙交错的巨口中，我学会了人生。"

译后记

《怪诞马戏团》为玛尔·戈伊苏埃塔的短篇小说集。每篇都从马戏团成员切入,讲述了这些社会边缘人物的情谊与救赎、罪恶与复仇、误解与释怀的故事。

在光怪陆离的故事情节背后,作者也试图讨论一些较为深刻的哲学话题:主动性与被动性、欲望与慰藉、创伤与疗愈、纯粹的恶与复仇、命定与选择……

与戈伊苏埃塔的其他作品一样,本书的创作也融合了许多历史事件、神话故事、影视作品等互文性的内容。前两种译者已在文内脚注附上了较为基础的信息,有心的读者可以自行根据关键词检索更多相关资料,补全本书外的平行事件与史实,而影视作品主要指的是《美国恐怖故事》的第三季"女巫集会"(2013)与第四季"畸形秀"(2014),

以及2017年上映的电影《马戏之王》。本故事集在场景与人物设定上参考了上述资源，用既有的设定讲述了全新的故事。此外，《怪诞马戏团》还回应了作者的第一部作品《梦魇世界之王》（皮亚提与帕里斯夫人有着与"命运编织者"相似的能力），也为其下一部中篇小说做了铺垫（鹿女和鹿男与《献给逝去少女的鲜花》中的"鹿女一脉"特征高度重合）。

在写作技巧上，戈伊苏埃塔在本书中使用了她擅长的"谜面式"叙事形式，但较其另两部中篇小说而言，本书中的谜题已经控制在了最低的限度，不习惯在阅读过程中解谜的读者在通读完所有短篇后能有所体悟，亦会被书中构成谜面部分的表层故事所吸引。本集的谜题主要有以下几点：鲍勃与大胡子爱情故事的结局、《食髓知味》一篇中杀人者的身份、《肉》一篇中是否存在逃脱法网的凶手、鹿男的故事是否存在杜撰的因素、魔术师是否真的败于魔法、全书中几次出现的叙事者"我"的身份。这些谜题中，少部分能够在故事的字里行间找到谜底，更多的却并无准确的参考答案，只能在作者叙事的迷宫中找到一丝线索作为暗示或佐证。但一旦你找到了，表层的故事便会衍生出或更黑暗或更光明的另一个版本，而本书中许多篇目的出彩之处正在于其不确定性的叙事。有心的读者自可在蛛丝马迹中寻觅事件的真相，推敲故事的另一种可能。

《怪诞马戏团》中的故事，其主旨或主题大体如下：

《孩童之物》讲述了一个试图跨越不可逾越之界线时酿成的悲剧，这一悲剧是在多重因素的作用下酿成的：面对失去的不正确态度、童年期安全依恋关系的缺乏、性教育与沟通的缺失、人的痴妄与执念……此外，本篇在情节上巧妙地模糊了"实体化"与"物化"的边界，让主角在获得能动性的过程中，不可避免地物化了他人，也物化了自己，这也是本篇悲剧性与恐怖的根源。

《万物有价》中的角色们均在爱人不知情的情况下为对方做出自我牺牲，但却在命运的嘲弄下迎来了不算完满的结局。本篇体现了作者"平衡"的观念：世界会在自我运行中维持二元对立与整体上的平衡。值得一提的是，本篇的部分角色在《蛛女》中亦有戏份，而这两篇在时间线上的先后关系决定了鲍勃与大胡子的爱情结局是欢喜还是忧愁。关于这一点，作者在行文时已经留下了隐晦但较为充分的线索，也留下了烟雾弹一般的反面证据，读者可以自由选择自己想要相信的爱情故事结局。

《食髓知味》的故事涉及了厌食症、家庭暴力、社会规训、对权威与伦理的暴力反抗等诸多因素，从精神分析的角度看，这也是一个典型故事，男孩通过精神与身体的双重弑父试图重构个人话语，并通过寻求新的父亲迈出了个体社会化的第一步。

《人面·兽心》可视作对爱情的隐喻：人在恋爱关系中始终面临着各种矛盾——个体与二人共同体，孤独的本质与对打破孤独的渴求、释放天性的本能与压抑自我的外部要求。也可视作一篇入世的寓言：人需要让渡自我的部分主权与自由（人鱼多次收起尖牙与利爪），部分或全部地放弃自我的内心世界（海底的洞穴），压抑自己的本性（吃人）以求适应社会的规约。而进入爱情与进入社会在某种程度上来说都是不可逆的过程，在恋情结束或出世以后，人鱼的"兽行"亦会充满"人性"："她被永远地撕裂成两半，一半是海妖，一半是人"。

《肉》在某种程度上可以视为对芥川龙之介《竹林中》的一种致敬。虽然《肉》中的每个角色讲述的故事版本相互出入并不大,但他们的叙述共同围起了一片竹林,在某个角落留下了一个缺口,指向了一种警探不曾怀疑、作者不曾明言、角色不曾想到的可能性。此外,本篇的女主角具有多重非典型身份:超重者、异食人士、性活跃者。这样的角色在文学世界与现实世界中的可见度是较低的,而作者在《怪诞马戏团》这样的"边缘人故事集"中设立了具有多重边缘身份的角色,此举自有其积极意义与社会价值。

《鹿女之吼》的字面叙事指向了一个神话故事:在鹿女(即《献给逝去少女的鲜花》中"鹿女一脉的后人",《梦魇世界之王》中"睡梦者")的帮助下,主角获得了新的身份与新的生命。值得一提的是,这个故事在抛开所有神话元素后仍然成立,可被解作个人在创伤之后疗愈、自爱、自我悦纳的自白式故事。

《另一种魔法》塑造了一位愤怒的女性角色,故事中的复仇形式惨烈、残忍,这样的女性形象在整个文学史上也是不多见的。此外,这个故事也有两种解读的可能,矮人的魔法在这个故事中既可以是真实存在的，又可以仅作为一种叙事手法存在。

《蛛女》中也存在一名女性复仇者，同时，她也是一名记叙者，还是主动选择改变命运并切实付出了辛勤努力的人。她的这些身份以及所有行为都具有高度的主动性，而故事的最后，她也成功地以笔墨改写了自己的人生。

本书以西班牙文写就，原书名为 Welcome to the Freak Show，部分人物名为英文或法文。其中，除部分涉及真实历史事件和对角色塑造有较大影响之处外，其余各处并未一一加注说明。在翻译过程中，廖智浩在译文表达的流畅性方面提供了许多建议，特此表示感谢。此外，所有译文中的疏漏当属译者本人之失，还望读者诸君不吝赐教。

2024 年 6 月
于深圳 观澜